谨以此书向中华人民共和国成立70周年献礼

本书入选	浙江省作协 2018 年作家定点深入生活项目
	浙江省网络作协"红色芳华——革命历史题材网络文学创作计划"扶持项目
	宁波市纪委、宁波市委宣传部 2019 年清廉文化建设重点项目
	宁波市文联 2019 年文艺创作重点项目

庆祝新中国成立70周年·宁波文艺原创精品丛书

寻访张人亚

彭素虹 著

图书在版编目（CIP）数据

信仰的足迹：寻访张人亚 / 彭素虹著 . — 宁波：宁波出版社，2019.3
（2019.5 重印）

ISBN 978-7-5526-3500-3

Ⅰ．①信… Ⅱ．①彭… Ⅲ．①纪实文学—中国—当代 Ⅳ．①I25

中国版本图书馆 CIP 数据核字（2019）第 041228 号

信仰的足迹——寻访张人亚

著　　者　彭素虹	责任校对　黄　薇　李　强
摄　　影　贺　霁	责任编辑　张爱妮

出版发行　宁波出版社
地址邮编　宁波市甬江大道 1 号宁波书城 8 号楼 6 楼　315040
封面设计　金字斋
印　　刷　宁波白云印刷有限公司
印　　张　12.75
插　　页　4
开　　本　710mm×1000mm　1/16
字　　数　138 千
版　　次　2019 年 3 月第 1 版
印　　次　2019 年 5 月第 3 次印刷
标准书号　ISBN 978-7-5526-3500-3
定　　价　40.00 元

宁波出版社版权所有，侵权必究。

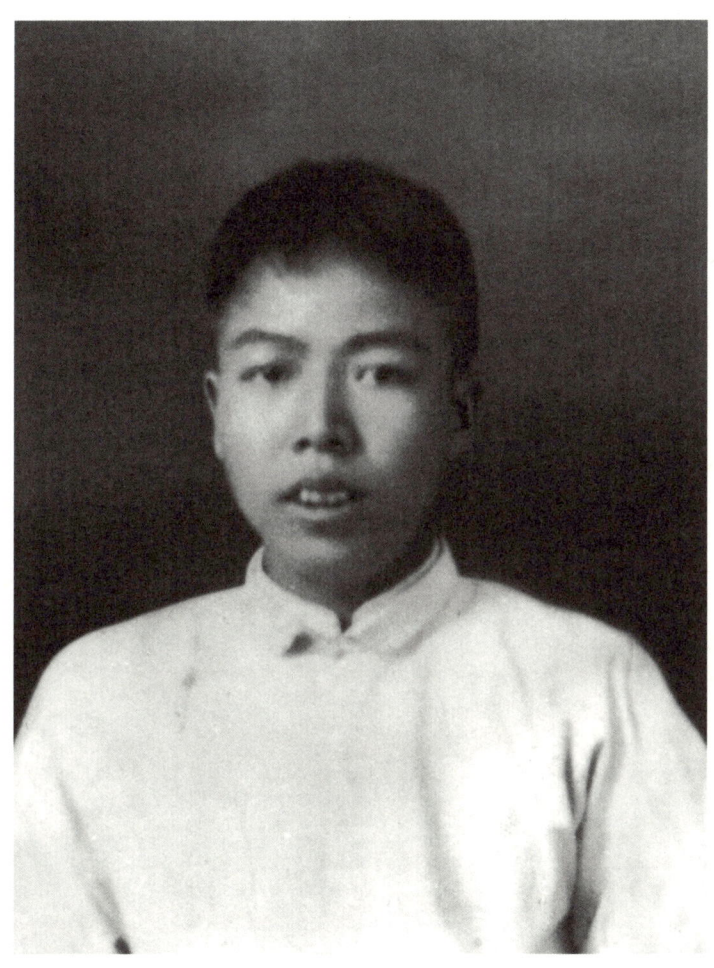

张人亚像

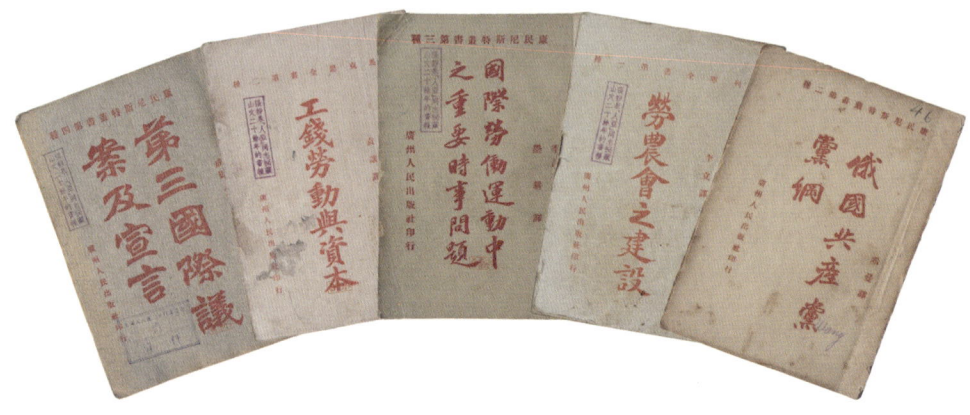

从左往右:《第三国际议案及宣言》《工钱劳动与资本》《国际劳动运动中之重要时事问题》《劳农会之建设》《俄国共产党党纲》(以上均为国家一级文物)

从左往右:《共产党礼拜六》《共产党宣言》《共产党底计画(划)》《列宁传》《李卜克内西纪念》(以上均为国家一级文物)

张人亚故居大门

张人亚故居展厅

张人亚党章学堂

党员在张人亚党章学堂宣誓

目录

引 子 … 1

一、信仰之源 … 5
1. "那你说的那个人呢" … 7
2. "二伯父无愧于国家" … 18
3. "冒死保藏革命火种" … 29

二、信仰之路 … 39
1. "我加入共产党并不是偶然的事" … 41
2. "爹,这些东西比我的生命更重要" … 63
3. "与其受压迫而死,毋宁奋斗而死" … 86
4. "做一个中国无产阶级革命的工具" … 108
5. "最勇敢坚决的革命战士" … 133

三、信仰之光 … 157
1. "学好新党章,就是对张人亚同志最好的纪念" … 159
2. "接过先驱的革命火种,弘扬信仰的力量" … 169
3. "对党忠诚,积极工作,为共产主义奋斗终身" … 180

后 记 … 196

2017年10月31日,习近平总书记带领中共中央政治局常委到上海瞻仰中共一大会址纪念馆,听讲解员介绍共产党员张静泉(张人亚)保护了1920年9月版《共产党宣言》中文译本,习近平总书记问:"那你说的那个人呢?"

> 张人亚,原名张静泉,1898年出生于镇海霞南村(今北仑区霞浦街道),父亲张爵谦为农民。他幼年就读于霞浦学堂,后入镇海县立中学读高小,16岁时离开宁波到上海银楼做学徒。1922年4月加入中国社会主义青年团,同年11月加入中国共产党。1932年,34岁的张人亚病逝,把自己短暂的一生献给了革命事业。

引子

静下来,静下来
用晨曦里的钟声
敲开一段岁月深处的清泉

滚烫的思想之源
就从生命相守的虔诚中
汩汩而来
一滴滴汇聚,一滴滴喂养
在这个古老民族的血管里
高涨起一条奔涌不息的河流

惊涛拍岸的一句誓言
扬起了胸膛里的帆
信仰的律动是不竭的动力
遮天的弹雨成了最好的洗礼
苦难和辉煌一起腾浪
忠诚和不屈共同领航

——朱志坚《初心晨启》:纪念党章守护人张人亚(静泉)

初心晨启,信仰的律动是不竭的动力。

党的十九大,对党章再一次进行了修改。翻阅宁波的历史,曾经有一个年轻人,和党章有着密不可分的关系——他叫张人亚,是宁波早期共产党员,也是中共现存第一部党章的守护者,牺牲时年仅34岁。

关于革命先驱张人亚,还得从2017年10月31日,习近平总书记带领中共中央政治局常委到上海瞻仰中共一大会址纪念馆时说起。当时,在听讲解员介绍共产党员张静泉(张人亚)保护了1920年9月版《共产党宣言》中文译本时,习近平总书记问:"那你说的那个人呢?"

总书记之问,引出了一段红色传奇故事。张人亚是宁波北仑霞浦人,他是中共早期党员;他曾领导上海金银业工人运动;他曾是中央金库的负责人,还曾担任安徽芜湖中心县委书记;他曾是中央苏区出版事业的重要开拓者。在白色恐怖笼罩上海的黑暗时刻,为了把党的珍贵文献保存好,他将《共产党宣言》和中共首部党章送回霞浦老家,交给父亲保管,珍藏于墓穴20余年……

为了让这样一位一度"沉寂"的红色人物,重新回到大众的视野,北仑成立了由区委组织部牵头的协调小组,一方面着手梳理张人亚的相关事迹和革命精神,另一方面着力对其故居、衣冠冢进行修复,建设张人亚党章学堂,开展"传承红色基因 模范践行党章"等主题行动。在短短数月的时间里,我们相继走访中共一大、二大会址纪念馆等地,实地搜集史料线索,寻找"首部党章守护者"张人亚的初心印迹。

一次次漫长的跋涉与寻访,是一次次重温初心的精神洗礼:在上海,他不忘初心,为维护工人阶级的权益四处奔波;在芜湖,他淡泊名利,将中央金库打理得井井有条,为党的基层组织的组建尽心尽力;在瑞金,他克己奉公,坚持在恶劣的环境下开展工作,甚至最终因此献出了宝贵的生命。

挖掘好、宣传好张人亚的革命事迹,是不忘初心、牢记使命的一次再出发,也是对"总书记之问"的作答。时隔近一个世纪,为了让信仰的火种在共产党人中进一步得到传承,宁波市委党史研究室、北仑区委组成了张人亚革命事迹联合调研组。从2018年3月5日开始,我们再一次出发,奔赴芜湖、合肥、上海、北京等地,寻访张人亚的初心印迹,记录重走先驱路的所见所感,让党章精神得以不断发扬光大。

传承红色基因,凝聚信仰力量,沿着信仰的足迹,我们踏上了寻访张人亚的初心之旅。

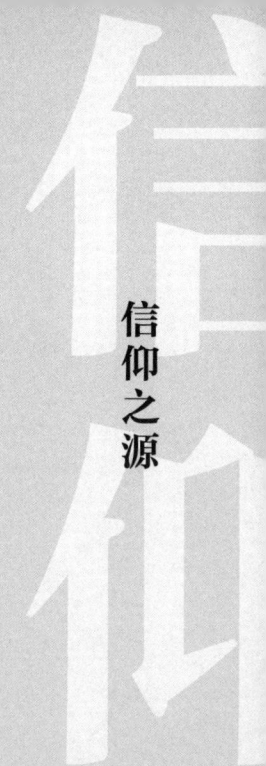

信仰之源

1 "那你说的那个人呢"

共产党人同全体无产者的关系是怎样的呢?

共产党人不是同其他工人政党相对立的特殊政党。

他们没有任何同整个无产阶级的利益不同的利益。

他们不提出任何特殊的原则,用以塑造无产阶级的运动。

共产党人同其他无产阶级政党不同的地方只是:一方面,在各国无产者的斗争中,共产党人强调和坚持整个无产阶级共同的不分民族的利益;另一方面,在无产阶级和资产阶级的斗争所经历的各个发展阶段上,共产党人始终代表整个运动的利益。

因此,在实践方面,共产党人是各国工人政党中最坚决的、始终起推动作用的部分;在理论方面,他们胜过其余的无产阶级群众的地方在于他们了解无产阶级运动的条件、进程和一般结果。

——摘自《共产党宣言》

习近平驻足细看，书章上面有"张静泉'人亚'同志秘藏山穴二十余年的书报"18个字。他问讲解员："很珍贵，那你说的那个人呢？后来怎么样？"

上海市兴业路76号，中共一大会址纪念馆，这里是中国共产党的诞生地。在秋日明媚的阳光照射下，这座饱经沧桑的石库门建筑，在林立的高楼中更显庄严肃穆。

2017年10月31日，党的十九大闭幕仅一周，习近平总书记带领中共中央政治局常委来到这里，集体瞻仰中共一大会址纪念馆。

"总书记，您可以再往前看一下，在这本书封面上有一个长方形的书章。"当习近平走到1920年9月出版的《共产党宣言》中文译本展柜前时，讲解员说。

习近平驻足细看，书章上面有"张静泉'人亚'同志秘藏山穴二十余年的书报"18个字。他对讲解员说："很珍贵，那你说的那个人呢？后来怎么样？"

"1932年在中央苏区积劳成疾去世了，但是家人都不知道他去世的消息。"讲解员说。

习总书记口中的"那个人"，就是张人亚。

张人亚，原名张静泉，1898年出生于镇海霞南村（今北仑区霞浦街道),父亲张爵谦为农民。他幼年就读于霞浦学堂,后入镇海县立中学读高小,16岁时离开宁波到上海银楼做学徒。1922年4月加入中国社会主义青年团,同年11月加入中国共产党。1932年,34岁的张人亚病逝,把自己短暂的一生献给了革命事业。

关于1920年9月出版的《共产党宣言》中文译本上,"张静泉'人亚'同志秘藏山穴二十余年的书报"这一书章的出现,还有一段父子接力守护革命信仰的传奇故事。

在1927年末的一天,白色恐怖笼罩着上海和宁波,张人亚从上海返回宁波北仑霞浦的家中,将一包文件和书刊交给了父亲张爵谦,托其保管。天色渐晚,张爵谦来到自家菜园里一间放有张人亚亡妻顾玉娥棺木的草棚,将张人亚托付的文件和书刊放了进去。那时,当地人有将装有亡者的棺木放置于草棚内,等上一段时间甚至数年才放入墓穴的习俗。

几天后,张爵谦装作很伤心的样子对邻居说,张人亚长期在外未归,可能早已离世。不久,张爵谦在村旁的长山岗上为张人亚和顾玉娥修了一座合葬墓,一边是张人亚的衣冠冢,放置的是藏有那些文件和书刊的棺木。

1949年,中华人民共和国成立了,张人亚还没有回来。张爵谦在上海的报纸上刊登寻找张人亚的启事,但一直没有消息。

"共产党托我藏的东西,一定要还给共产党。"1950年,已是耄耋之年的张爵谦将用油纸包裹的文件和书刊从衣冠冢里取了出来,让在上海工作的三儿子张静茂交给国家。这些文件和书刊中,仅国家一级文物就有21件。捐赠前,张静茂刻了一枚书章——"张静泉'人亚'

同志秘藏山穴二十余年的书报",在文件和书刊上盖章留念。

由于这批文件和书刊中有中共第一部党章,再加上被藏起来的方式很特别,张人亚被后人称为中共第一部党章的神秘守护者。

"马克思列宁主义是中国共产党建党的理论基石。系统地翻译和出版有关马列的经典著作,尽快将马列主义的真理在中国大地上传播开来,就成为中国先进的知识分子在建党准备时期以及建党后的党的理论宣传的重要工作。这些已发现的张人亚秘藏的党的早期珍贵文献中,从出版的时间看,最早当属1920年陈望道翻译出版的《共产党宣言》。"当我们走进中共一大会址纪念馆,寻访张人亚珍藏的革命文献时,该馆藏品保管部主任陈晓明介绍道。

1920年4月下旬,陈望道将《共产党宣言》译成。1920年8月,《共产党宣言》中文全译本在上海面世。这版《共产党宣言》的封面印有水红色马克思微侧半身肖像,首印1000册,很快售罄。由于排版疏忽,封面书名错印成《共党产宣言》。于是在9月再版,加印1000册,封面书名亦改正为《共产党宣言》,马克思肖像的底色变成蓝色。此后《共产党宣言》多次重印,成为广泛流传、影响巨大的一部马克思主义经典著作。

1959年,上海革命历史纪念馆筹备处开始征集文物。张静茂获悉后,即将张人亚珍藏的《共产党宣言》作了无偿捐赠。据馆内档案记载,收到此书时,除其纸张因年久泛黄、发脆外,整本书基本完整,无明显残损。1995年11月,经国家文物局全国一级革命文物"鉴定确认专家组"鉴定,确认为一级文物。如今,中共一大会址纪念馆所藏1920年9月版《共产党宣言》封面上,清晰可见盖有一方长方形的图章,上书"张静泉'人亚'同志秘藏山穴二十余年的书报"。

当凝神观看这部微微泛黄的《共产党宣言》时,人们豁然洞见,在历史发展的长河中,《共产党宣言》不仅是中国共产党人的理论基石,更是我们的初心和信仰。

习近平总书记多次提及陈望道翻译《共产党宣言》的故事:"蘸着墨汁吃粽子,还说味道很甜。"

毛泽东读《共产党宣言》不下百遍,每读一次都有新的启发;刘少奇在入党前,把《共产党宣言》看了又看,最后决定参加共产党;朱德看到《共产党宣言》新译本后,不顾年高体弱,专程到中央党校与参与翻译的同志交流心得……

170多年前,共产主义运动的先驱马克思、恩格斯共同撰写的《共产党宣言》发表,创立了科学社会主义理论。170多年后,新一代中国共产党人把习近平新时代中国特色社会主义思想写进了党章,写在了党的旗帜上。

在寻访中,我们翻开最新一版《共产党宣言》,首先映入眼帘的是马克思和恩格斯针对不同时期的特点和不同国情,为其在各国出版撰写的7篇序言。

正是以这样的方式,两位伟人在《共产党宣言》发表后近半个世纪内,不断向世人传达着他们的重要观点:"这些原理的实际运用……随时随地都要以当时的历史条件为转移。"

"马克思主义并没有结束真理,而是开辟了通向真理的道路。沿着这条道路,一代代中国共产党人高举旗帜、上下求索,一次次实现着马克思主义普遍真理同中国具体实际相结合的飞跃,走出一条马克思主义中国化的光辉道路。"讲解员介绍中国共产党的革命历程时,正在上海寻访中的我们一行人心里不时地升腾起奋进的力量。

170多年来,社会主义在理论维度上实现了从空想到科学的飞跃,在空间维度上实现了从一国到多国的飞跃,在实践维度上实现了从初步探索到日益成熟的飞跃,在时间维度上实现了从新民主主义到新时代中国特色社会主义的跨越。这一历史进程,生动展现了理论和实践相互贯通、相互促进的辩证法则。

《共产党宣言》中提道:"无产阶级的运动是绝大多数人的、为绝大多数人谋利益的独立的运动。"的确,中国共产党自成立之日起,就以代表最广大人民的根本利益为使命,这也是无产阶级政党区别于其他政党的显著标志之一。

"永远把人民对美好生活的向往作为奋斗目标"。党的十九大坚持以人民为中心,立足全方位保障和改善民生,作出中国社会主要矛盾已经转化为"人民日益增长的美好生活需要和不平衡不充分的发展之间的矛盾"的重大判断……

寻访时,我们看到,中共一大会址纪念馆前,参观者如长龙般排起长队。当他们走到张人亚珍藏的《共产党宣言》中文译本展柜前,纷纷驻足凝视,感受真理的光芒。170多年来,《共产党宣言》像一座永不熄灭的灯塔,照亮了人类理想社会的方向,指引着社会进步的航程。如今,在中国共产党领导下,《共产党宣言》中"每个人自由而全面发展"的美好愿景,正在中华大地一步步实现。

"那你说的那个人呢"

"张人亚秘藏的中共二大的九个决议案及中国共产党党章，现被中央档案馆收藏，这也是目前发现的唯一存世的一本。张人亚和其父冒着生命危险保存了大量的中共早期珍贵文献，为红色传承立下大功。这些党的早期文献见证了中国共产党的创建，见证了中国共产党人前赴后继不断探索救国真理的壮举和韧劲。"

张人亚为世人所关注，源于他保护下来的党的珍贵文献。在中共一大会址纪念馆寻访时，我们看到诸如《工钱劳动与资本》等册子上，都印有"张静泉'人亚'同志秘藏山穴二十余年的书报"的书章。那么，革命先驱张人亚究竟珍藏了多少党的珍贵文献，而这些文献又发挥了什么作用呢？我们试图从一路寻访中，进一步解开这个疑团。

"目前已发现的张人亚秘藏珍贵革命文物共36件，其中一级文物21件（含中央档案馆的二大决议案），二级文物4件，三级文物9件，未评定的珍贵藏书2件。另有未列入上表的一般文物、参考文物约15件。"中共一大会址纪念馆藏品保管部主任陈晓明介绍道。

这批由张人亚生前冒着生命危险保护下来的革命文物中，一件《中国共产党第二次全国大会决议案》，两件《中国共产党第三次全国大会决议案及宣言》引起了中央有关部门的注意。中共"二大""三大"文件集各一本被中央档案馆收藏，另一本"三大"文件集被国家博物馆收藏。国家博物馆珍藏的《中国共产党第三次全国大会决议案及宣言》和中央档案馆珍藏的《中国共产党第二次全国大会决议案》，均为国家一级文物。

2001年，中央档案馆把其中的《中国共产党章程》和《关于共产党的组织章程决议案》等文件，作为珍贵档案，全文影印收录在《中国共产党八十年珍贵档案》一书中，所用的底本就是张人亚的珍藏本。《中国共产党八十年珍贵档案》第75页刊载的《中国共产党章程》的最后一条（第29条）左侧，还清晰可见"张静泉'人亚'同志秘藏"的正方形纪念印记。

"在已发现的张人亚秘藏的这些党的珍贵文献中，有许多中共建党时期的有关马克思主义在中国传播方面的重要文献。通过这些文献，我们可以很清晰地看到在中国共产党建党前后这个时间段，陈独秀、李大钊带领着中国的一批先进知识分子传播马克思主义的痕迹。"陈晓明从张人亚的秘藏文献，谈到了中共创建时期的马克思主义传播。

"在张人亚秘藏的书籍中，除《中国共产党章程》《共产党宣言》外，还有人民出版社翻译出版的《列宁全书》《康民尼斯特丛书》等一系列宣传马列主义的书籍。"

《列宁全书》《康民尼斯特丛书》以及在建党前已出版的一部分"马克思全书"，是中国共产主义者宣传马克思主义的一个重要举措。在张人亚的秘藏中，当年人民出版社实际出版品种就占据了其中的大多数。其中包括《列宁全书》中的《劳农会之建设》《共产党礼拜六》《列宁传》《劳农政府之成功与困难》，以及《康民尼斯特丛书》中的《俄国共产党党纲》《第三国际议案及共产党宣言》等。

《列宁全书》和《康民尼斯特丛书》介绍了列宁的家庭出身、在校学习情况以及从事的革命活动。同时还着重翻译了列宁在俄国取得十月革命胜利后恢复国民经济和建立社会主义经济基础的纲领与措施等重要著述。书中阐述了列宁的建党思想和建党理论,详细论述了共产主义与无政府主义、劳农共和制与资本主义制度的区别,展示了共产主义的目标蓝图。这些重要的文献资料,对刚刚诞生的中国共产党来说,起到了十分重要的理论指导作用,其影响是巨大的。

1922年5月正值马克思104周年诞辰,中国劳动组合书记部编印《马克思纪念册》,以示纪念,并通过这本小册子的发行,向工人和青年学生宣传马克思主义。全书由3篇文章组成,即《马克思诞辰104周(年)纪念日敬告工人与学生》《马克思传》《马克思学说》。

"除了有系统有计划地翻译马列主义的书籍外,中国先进的知识分子在陈独秀、李大钊等领导下还出版发行量更大、发行地域更广的各类报纸杂志,用更通俗的语言来宣传马克思主义。张人亚秘藏的这些党的早期文献中还有为数不少的报纸杂志,其中有中国共产党上海早期组织创办的《共产党》月刊,有中国共产党广东早期组织创办的《劳动与妇女》。另外,还有中国共产党成立后创办的《向导》周报以及《青年工人》月刊等刊物。"

"共产党万岁!""社会主义万岁!"1920年11月7日是俄国十月革命胜利3周年的纪念日,在这一天,《共产党》月刊问世,这是中国共产党上海早期组织为了更直接、更鲜明地宣传马克思主义而创办的直接以"共产党"命名的党刊。《共产党》月刊第一次在中国树起了"共产党"的旗帜,阐明了建立中国共产党的主张,刊物着重宣传马克思列宁主义的建党思想和有关共产党的知识。

中共一大会议以后,国内外形势发生了较大的变化。中国共产党于1922年7月16日召开了第二次全国代表大会,通过了《中国共产党第二次全国代表大会宣言》《中国共产党章程》和为了贯彻民主革命纲领的《关于"民主的联合战线"的议决案》在内的9个议决案。中共二大会议上还通过了《中国共产党章程》,这是中国共产党成立后的第一部党章。这部章程共六章二十九条,分别为党员、组织、会议、纪律、经费、附则。第一次详尽地规定了党员条件和入党手续,规定了从党小组一直到中央执行委员会各级组织的设置、职能、任期等。明确了党的纪律,提出党章的修改权属于党的全国代表大会,并规定了党的经费来源、收取标准等。

中共二大会议闭幕后不久,中共中央就决定出版党的机关刊物《向导》。1922年9月13日《向导》周报在上海创刊,设有《时事评论》《寸铁》《读者之声》等栏目。刊物系统阐述了中共二大所提出的关于反帝反封建的民主革命纲领,号召人民组织起来,打倒帝国主义和封建军阀,建立真正的民主共和国。刊物处于全国舆论的指导地位,被誉为"黑暗的中国社会的一盏明灯",是大革命时期中共最有影响的刊物之一。

"张人亚秘藏的中共二大的九个决议案及中国共产党党章,现被中央档案馆收藏,这也是目前发现的唯一存世的一本。张人亚和其父冒着生命危险保存了大量的中共早期珍贵文献,为红色传承立下大功。这些党的早期文献见证了中国共产党的创建,见证了中国共产党人前赴后继不断探索救国真理的壮举和韧劲。"目睹这些珍贵文献,陈晓明深为感慨地表示。

抬眼望去,一本本泛黄的遗物文献,记载着一段段历经沧桑的革命历程,诉说着张人亚传奇的一生。

2 "二伯父无愧于国家"

人亚同志对于革命工作是坚决努力,刻苦耐劳,在共产党内始终是站在党的正确路线之下与一切不正确思想做坚决斗争,在党内没有受过任何处罚,因为努力工作,为革命而坚决斗争,使他的身体日弱,以致最后病死了。人亚同志已死了,这是我们革命的损失,尤其是在粉碎敌人大举进攻中徒然失掉了一个最勇敢坚决的革命战士。同志们!我们不要徒事悲哀,应该更鼓起我们的勇气积极去粉碎敌人大举进攻,争取苏维埃在全中国的胜利,来完成张同志所遗下的任务。

——摘自《红色中华》

"二伯父无愧于国家"

"二伯父（张人亚）为了共产党的事业，鞠躬尽瘁，已于1932年在中央苏区去世。苏维埃政府对二伯父的评价很高，称赞他是最勇敢坚决的革命战士。现在瑞金还有他的纪念室，苏区人民没有忘记他。祖父为二伯父保藏的共产党的文件书报，都很珍贵很重要，受到国家高度重视，被列为国家珍贵文物。二伯父无愧于国家，无愧于祖父母的养育之恩！"

宁波解放初期，张人亚的弟弟张静茂就在《解放日报》上刊登了启事，开始寻找张人亚的下落。

"那你说的那个人呢？"对于习近平总书记的这个问题，其实张人亚的家族已经寻访了数十年。北京、上海、江西、安徽……那是一个家族的找寻，传延四代，跨越百年，寻访的足迹遍布祖国各地。那么，在亲属的一路寻访中，他们的收获怎么样？他们又是如何看待家族中的革命先驱张人亚的呢？带着这些疑问，我们一行人首先寻访了张氏家族的后人。

"我们这些年坚持不懈地寻访，就是为了还原一个共产党员的初心。中央档案馆收藏了一份二伯父（张人亚）写于1924年的材料，材料显示，他在银楼里目睹了老板对员工的压榨，意识到只有加入共产党，才能使工人阶级当家做主。他在这份材料里写到'我加入共产党并不是偶然的',这表明他的初心就是为共产主义事业奋斗终身。"张静茂的二儿子张时华提到二伯父张人亚,觉得他对党的绝对忠诚出于对党的革命事业的坚定信仰。

这些年,持之以恒地寻找张人亚的下落,已是张家人的牵挂和使命。自1927年之后,随着革命形势急转直下,张人亚的革命工作转入地下,从此和家人断了联系。出于保密,张人亚的父亲张爵谦再也没有在公众场合提过张人亚的名字,但那张有儿子人亚和金银业工人的合影,却一直悬挂在北仑霞浦老家屋里最显眼的位置上。

20世纪30年代的霞浦,天空时常灰蒙蒙的,看不到一点亮光。每当夜幕降临,总会在一片浓重的夜色中,看到一个精神矍铄的老父亲,手持火把,立在霞南村的村头,在通向远处的大路上张望。

"那年的冬天,人亚就是这样静悄悄回来的,一走就没了音讯。儿啊,你为党做事,做党的人,走到哪里我都放心,只是别忘了回家的路。"

"人亚,你托我保藏的文件书报,我用油纸包着藏在了一个别人意想不到的地方,你爱惜这些文献甚于爱惜自己的生命,我等着你回来,亲手交还给你!"

"又一年过去了,人亚,外面兵荒马乱的,不知你过得好不好?世道荒凉,民不聊生,你选择了一条正确的救国救民的道路,就要勇往直前地走下去!"

"儿啊,你母亲病了五年了,我没敢告诉你。你是组织的人,我们不能让你为家事分心。这些年,父亲我也老了,不知到哪去找你。但我相信乌云即将散去,阳光就要普照大地,我等着你给父老乡亲带回

"二伯父无愧于国家"

黎明到来的好消息!"

张爵谦老人这一等,就等了三十年。直到青丝变白发,他也没能等到儿子人亚回归的那一天。

世侄张时康回忆:"上海解放那天,家住法租界的父亲张静茂(张人亚的弟弟)一早就在窗口挂上了红旗,迎接子弟兵的到来。父亲说,二哥张人亚是共产党,说不定他马上就能回家。可是,等来等去,直到全国解放,我们还是没有得到关于二伯父张人亚的任何消息。"后来他跟着父亲来到上海图书馆,借阅20世纪20年代的《申报》,一天一天翻看查阅,寻找有关张人亚的只言片语。同时,那些登在媒体上的寻人启事,同样也如石沉大海般,没有张人亚的任何信息。

好在张家人没有放弃。他们执着地寻找这个离家多年的游子,他们在那些保藏下来的《中国共产党党章》《共产党宣言》等珍贵文献上,盖上了刻有"张静泉'人亚'同志秘藏山穴二十余年的书报"等字样的书章,想着万一哪天有人看到,可以循迹找到捐赠者,告知张人亚的下落。

时光荏苒,斗转星移。随着老一辈的去世,寻找张人亚的责任落在了"时"字辈和"建"字辈两代人身上。21世纪后,7位耄耋老人和他们的10多个孩子,从没间断过对这位先人的寻找。

也许是对先人的追寻感动了天地,互联网传来了张人亚的信息。2005年,通过互联网得到信息,张家一行人在中共一大会址纪念馆、瑞金市委党史办等机构帮助下,终于在《红色中华》报上找到了一份悼词,得知了张人亚最后的下落。同年清明时节,张家40多人齐聚北仑霞浦老家,张爵谦的孙辈到祖父张爵谦的坟前一字一句地宣读

这份悼词,并向祖父报告:

"二伯父(张人亚)为了共产党的事业,鞠躬尽瘁,已于1932年在中央苏区去世。苏维埃政府对二伯父的评价很高,称赞他是最勇敢坚决的革命战士。现在瑞金还有他的纪念室,苏区人民没有忘记他。祖父为二伯父保藏的共产党的文件书报,都很珍贵很重要,受到国家高度重视,被列为国家珍贵文物。二伯父无愧于国家,无愧于祖父母的养育之恩!"

那天的长山岗,空气是湿润的,有着青草清冽的味道,张人亚的几位后人在长山岗扫墓。"二伯父是我们家族的骄傲,也是我们家人学习的榜样,我们受党教育,为党做事。1922年至1929年,二伯父出任中共上海地委直属第二党小组组长等多个职务,不管在哪个岗位上,都保持着入党为民的初心。"在向二伯父张人亚的衣冠冢敬献花圈时,张静茂的长子张时才哽咽了。

张氏家族的愿望完成了,但是寻找张人亚的事情并没有结束。那一年,这群七八十岁的老人牵头成立了张人亚事迹调研组,建立了专门的基金,开始从浩瀚的史料中拼凑张人亚的人生轨迹。

翻阅历史文献、查阅个人传记、走访幸存者、询问相关部门……据张时康回忆,大家齐心协力,拿出了"不达目的誓不罢休"的劲头,不知道到底翻阅了多少资料,也不管多少花费,就是满中国地寻找张人亚留下的印迹。

"大哥身体不好,主要在嘉兴做后方总参谋;二哥住在上海,主要负责在上海图书馆查找资料,和中共一大会址纪念馆工作人员联系;我住在杭州,负责与省民政和党史部门联系;住在江西的弟弟身体最好,主要负责到各地跑腿,为了中央档案馆的档案专程去了3次北京,还亲自去张人亚可能的牺牲地福建长汀寻访……"张时康说,这些年的寻找中,他们一次次被二伯父张人亚矢志不渝,永远跟党走的革命气节所打动。

2011年,在张人亚的侄孙张建一的策划下,集结了张家后人们耗费数年心血寻访线索所得的全部资料汇编成的《张人亚传》出版成册,而另一名侄孙张建文则建立了专题贴吧,将相关线索放到网上,以扩大影响。

"为了新中国的成立,无数革命先驱、仁人志士抛头颅,洒热血,献出了他们宝贵的生命,他们永远为后人所景仰。但由于各种原因,部分先驱的革命事迹却被历史的沙尘所埋没,张人亚就是其中的一位。"吹尽黄沙始见金,翻阅这本记录着张家人一路找寻印迹的《张人亚传》,我的眼前浮现出一位老人守望在村头的身影,一年一年过去,他的身体愈发衰弱,可他眺望远方的目光执着而坚定,他知道,黑暗即将过去,光明就要来临!

"上海,是中国共产党诞生的地方,也是最早传播马克思主义的地方。在这片土地上,学生最早有了自己的全国性组织,早期的共产主义组织在这里成立。这里有最早的工人学校、工人俱乐部,最先掀起工人运动的浪潮……张人亚和首部党章的故事,曲折漫长,折射出中国共产党在初创时期,发展成员、壮大组织的艰苦历程。"

在寻访张人亚的家人中,其侄孙张深表示,自己是在大学课堂上听老师提到二爷爷张人亚的故事的,当时,他去图书馆查找张人亚的相关资料,也去相关部门询问,所了解到的信息十分有限。这些年他旅居美国,也一直没有忘记家族的重托,当听说我们寻访团正在寻访张人亚的消息后,他特地从美国赶回来,一起多方面查询。而我们也寄希望于这位复旦大学历史系毕业的科班人士,能给寻访带来新的转机。

在春寒料峭的日子里,我们一起前往上海大学文学院历史系教授徐有威的家中,了解二十世纪二三十年代中国共产党在上海的革命活动。一踏进徐教授的家门,随处可见的是各种门类的书籍。书房、卧室、楼梯口、橱窗,一抬眼,一低头,甚至随便一伸手,就可以拿到一本书翻看。

"上海,是中国共产党诞生的地方,也是最早传播马克思主义的地方。在这片土地上,学生最早有了自己的全国性组织,早期的共产主义组织在这里成立。这里有最早的工人学校、工人俱乐部,最先掀起工人运动的浪潮……张人亚和首部党章的故事,曲折漫长,折射出中国共产党在初创时期,发展成员、壮大组织的艰苦历程。"坐定后,徐教授为我们一连串地道出了红色历史上的几个上海第一:

"《共产党宣言》第一个中文全译本诞生在上海;在上海召开的中共二大制定了第一部党章;上海的'五卅'运动揭开了中国大革命的序幕……"

"1922年,张人亚被吸收进了刚刚成立的社会主义青年团,同年加入中国共产党。像张人亚这样出身贫寒又有文化的底层工人,正

"二伯父无愧于国家"

是中国共产党急需发展的成员。"

"1922年9月16日,张人亚组织的上海金银业工人俱乐部成立。这时的张人亚已经成为中国工人阶级勇敢无畏的中坚分子。"

"1925年,上海爆发'五卅'运动。在苏联记者拍摄的纪录片《东方之光》中,张人亚正在工人集会上慷慨激昂地发表演说。此时,这位共产党人奉命从莫斯科回到上海,投入工人运动。"随着徐教授的讲述,张人亚投身革命的历程渐渐清晰起来。

1925年5月30日,上海学生和工人两千余人响应中国共产党的号召,在租界内散发传单,发表演说,抗议日本纱厂资本家镇压工人大罢工、打死工人顾正红,声援工人,并号召收回租界,被英国巡捕逮捕一百余人。下午万余群众聚集在英租界南京路老闸巡捕房门首,要求释放被捕学生,高呼"打倒帝国主义"等口号。英国巡捕竟开枪射击,造成震惊中外的"五卅"惨案。

"我们中国工人受尽了日本老板的压迫和虐待,现在要改变这种状况,只有罢工这条路。""工友们,大家团结起来,斗争到底!""打倒帝国主义!"

从徐教授家走出,已是华灯初上。脚踏这片红色的土地,我的脑海中一直闪现着张人亚组织集会,号召工人罢工的身影。他刚毅的面容、有力的手势,坚决做"一个中国无产阶级革命的工具"的心声,折射出一个共产党员的初心。

接下来的几天,我们一头扎进了上海社科院的图书馆,从浩如烟海的文献中查询与张人亚有关的信息。

在一封写给《解放画报》创刊人兼山东路义务夜校校长周剑云

的信中，我们看到张人亚痛心疾首地陈词："中国工界里的黑暗，是人们所晓得的。"他觉得，因为劳累和资本家老板阻拦，自己原有的五年读书功底，被学徒后的八年劳作"消灭完了"。从进步书刊和身边的革命志士言行中，他接触到一些革命道理，萌生了革命要求，开始步入社会。1920年，他加入了工商友谊会。1921年，与志同道合的七八个人组织了一个小团体，举办过四五个星期的露天学校，试行循环自修，还参加各种群众会。

在出任上海金银业工人俱乐部主任时，他提出创会宗旨："略谓俱乐部是一个联络同业工友的机关，进一句说，就是保存工人生命的机关，希望同业诸君努力做去。"为什么要组织这样一个"保存工人生命的机关"？对此，《上海金银业工人俱乐部宣言》解释道："我们这种工业，在社会上并不是十分重要的，但是我们能够去改造，也有相当存在的价值。我们为要保存将来的地位，所以有不得不做根本改造的功夫。"这个"改造的功夫"，首先是"补受教育训练知识"，以"保全我们的人格"；其次是"提倡正当的娱乐，和一切有兴趣的事情"，以丰富工人的精神生活，寓教于乐；再次要急于改革掉"种种不卫生的事"。"总括起来，我们是为要扫除一切使我们不幸的事件，提高将来的生活。换一句话说，就是我们将来做完全有人格的人，所以不得不来组织这个俱乐部"。

在埋头查找资料的间隙，张人亚的侄孙张深若有所思地表示："每当回到北仑霞浦老家，躺在家门口的藤椅上，觉得此时世界是安宁的。再没有人可以欺负到我，再也没有人说东道西。"我抬头望向张深，这位旅居在外的游子，道出了家乡的另一种深意。这些年他不懈寻找张人亚的下落,也许他想完成的是对故土的守望,这是绿叶对根的情意。

当我们在上海寻访到张人亚的其他亲属,把手头的资料汇聚在一起时,大家七嘴八舌地说开了:

"他敢为人先。1922年9月,他出任上海金银业工人俱乐部首任主任,组织工人罢工,取得了'增加薪资''减少学徒期'等成果。"

"他大公无私。1927年夏天,他任《平民日报》发行所负责人,当国民党来查封报社时,他让大家撤离,只留下我的父亲张静茂看守报社。结果父亲被捕,后经多方营救才获释。"

"他坚持原则。1928年4月,他被任命为中央组织局交通科主任(党内交通工作,'六大'前由中央组织局交通科负责,'六大'后由新成立的中央秘书处内埠交通科承担),这是一个保密性极强的工作。在他任职的一年多时间里,没有发生过因内交工作失误而导致重要人物被捕或机关被破坏的事件。"

"他注重学习。他曾经给《解放画报》的主编写信,讲述工人失学的痛苦,希望有机会去夜校学习;他组织业余学校,钻研理论,学习《辩证论解释》;他把《共产党宣言》翻来覆去地阅读,逐字逐句地咀嚼每个字词的含义……"

张家后人还在细数先辈张人亚的革命精神,"我们的寻访是民间的调查,肯定不够专业。所以得知张人亚事迹受到社会广泛关注,我们高兴得不得了。"张时华说,作为张人亚的家属,他们不要求树碑立传,也不提要求,只希望能够尽快让真实的张人亚的细节浮出水面,让他找到自己的历史地位。

挖掘好、宣传好张人亚的革命事迹,是家属日思夜想的夙愿,是家乡人民对他的纪念,也是对"总书记之问"的作答。上海、芜湖、瑞金、长汀,张家人这些年一路奔波不息寻访张人亚的革命印迹。红色文献保护者、芜湖中心县委书记、中共出版事业重要开拓者……张人亚每一个身份的背后都有一段跌宕起伏的故事,都蕴含着他不忘初心的情怀。而我们,也从一路寻访中感受到坚持的力量、信仰的力量!

3 "冒死保藏革命火种"

　　大会的主题是：不忘初心，牢记使命，高举中国特色社会主义伟大旗帜，决胜全面建成小康社会，夺取新时代中国特色社会主义伟大胜利，为实现中华民族伟大复兴的中国梦不懈奋斗。

　　不忘初心，方得始终。中国共产党人的初心和使命，就是为中国人民谋幸福，为中华民族谋复兴。这个初心和使命是激励中国共产党人不断前进的根本动力。全党同志一定要永远与人民同呼吸、共命运、心连心，永远把人民对美好生活的向往作为奋斗目标，以永不懈怠的精神状态和一往无前的奋斗姿态，继续朝着实现中华民族伟大复兴的宏伟目标奋勇前进。

——摘自《十九大报告》

"如果没有张人亚冒死保藏革命火种,'第一次诞生的我们党的党章'这些党史的重要篇章,都将无从考证。而张人亚在大革命低潮时期,为了保存党的珍贵文献不顾个人安危,以他革命理想高于天的忠诚担当精神,对革命事业的坚定信仰和绝对信心,勇敢而智慧地为党做好了这一切。这更是凸显了一个共产党人的初心。"

这天晚上,我跟女儿一起在看电视新闻节目,正好是2017年11月1日。

正看到中央电视台新闻特别节目《不忘初心 牢记使命 永远奋斗》的新闻:习近平总书记带领中共中央政治局常委,专程到上海和浙江嘉兴瞻仰中共一大会址和嘉兴南湖红船。其中的一段,讲述的正是我国的早期《共产党宣言》中文译本是如何被共产党员张人亚保护完好的故事。

在中共一大会址纪念馆,习近平总书记好奇地问讲解员:那你说的那个人呢?

"这个把信仰看得比生命还重要的张人亚,可是我们宁波北仑人呢!"作为一位中共党员,当女儿扭头看过来时,我开始向刚刚成为共青团员的她讲述张人亚的初心故事。

"冒死保藏革命火种"

"1927年,大革命失败后,白色恐怖笼罩了上海。当时,共产党员张人亚冒着生命危险,把这本1920年9月出版的《共产党宣言》的中文全译本带出了上海,藏匿到了家乡北仑霞浦,并继续投身革命。为了保存下革命的火种,张人亚的父亲谎称儿子死亡,把书藏在他的衣冠冢里,终于使得这本《共产党宣言》得以保存。如今,那些他冒着生命危险保护的文件和书刊,都成为国家的珍贵文物。"

真是一名坚定理想信仰的革命战士,一位深明大义的伟大父亲!女儿被张人亚及其父亲的革命精神深深地感动着。

"如果没有张人亚冒死保藏革命火种,'第一次诞生的我们党的党章'这些党史的重要篇章,都将无从考证。而张人亚在大革命低潮时期,为了保存党的珍贵文献不顾个人安危,以他革命理想高于天的忠诚担当精神,对革命事业的坚定信仰和绝对信心,勇敢而智慧地为党做好了这一切。这更是凸显了一个共产党人的初心。"我翻开报纸,结合十九大报告,告诉女儿什么是共产党人的初心。

在语义学上,"初心"就是出发时的目标、誓言或承诺。党的十九大报告开宗明义指出,大会的主题是:不忘初心,牢记使命,高举中国特色社会主义伟大旗帜,决胜全面建成小康社会,夺取新时代中国特色社会主义伟大胜利,为实现中华民族伟大复兴的中国梦不懈奋斗。不忘初心,方得始终。中国共产党人的初心和使命,就是为中国人民谋幸福,为中华民族谋复兴。这个初心和使命是激励中国共产党人不断前进的根本动力。

"习总书记多次强调:一切向前走,都不能忘记走过的路;走得再远、走到再光辉的未来,也不能忘记走过的过去,不能忘记为什么出发。"我拍拍女儿的肩膀,继续讲解共产党人的初心。

"不能忘记走过的路"。中国共产党制定了反帝反封建的民主革命纲领、发动工农群众开展革命斗争、实行国共合作、掀起了大革命的高潮,还开始了马克思主义中国化的探索,为中国革命找到农村包围城市和武装夺取政权的新道路。在被称为"理想信念的伟大远征""检验真理的伟大远征"的战略大转移中,共产党人的初心化作震撼人心的长征精神,也是"坚信正义事业必然胜利的精神""不惜付出一切牺牲的精神"。这些精神所释放出来的磅礴力量,使中国共产党在血与火的交织中蹚出一条浴火重生的革命新路。

"不能忘记为什么出发"。在20世纪20年代初期中国共产党出发的时候,近代以来的仁人志士已经围绕着"争取民族独立、人民解放"和"实现国家富强、人民富裕"这两大历史任务进行了不屈不挠、英勇顽强的探索。历史和人民最终选择了社会主义、马克思主义和中国共产党。中国共产党的成立,既是中国革命的客观要求,又是中国社会发展的客观要求。从此,中国共产党率领人民踏上"争取民族独立、人民解放"的新道路,开启了"实现国家富强、人民富裕"的新征程,义无反顾地肩负起民族复兴的历史重任。

"争取民族独立、人民解放这些知识,我们历史书上都提到过。为什么不能忘记初心?""因为共产党人的初心,是我们中国共产党长盛不衰、枝繁叶茂的动力源。"

电视画面上,1920年9月印刷出版的《共产党宣言》中文译本,安放于中共一大会址纪念馆展厅陈列柜。习近平总书记多次讲述了陈望道在翻译《共产党宣言》时,"蘸着墨汁吃粽子,还说味道很

"冒死保藏革命火种"

甜"。真理的味道如此甘甜,一代代共产党人前赴后继。讲解员说起这一译本由共产党人张人亚的老父亲放在衣冠冢中方才保存下来,总书记听了连称很珍贵,说这些文物是历史的见证,要保存好、利用好。

随着电视镜头,我们看到习近平总书记站在"中共第一个纲领"前,逐字逐句细细品读。他走到栩栩如生的一大代表群雕前,听讲解员的讲述。习近平指出,中国共产党一开始就在自己的纲领文件中开宗明义确立了坚持马克思列宁主义,鲜明写下"工人阶级""无产阶级"这些字句。尽管处于初创阶段,但奠定了我们党的前进方向和基石。

"我志愿加入中国共产党,拥护党的纲领,遵守党的章程……"中共一大会址纪念馆一层序厅,巨幅党旗如鲜血浸染,习近平总书记带领其他常委同志一道举起右拳、庄严宣誓。他们的声音交汇在一起,一字一句,句句铿锵。这次寻根溯源之旅,既是对真挚初心、坚定信念的政治宣示,又是向着8900多万党员、13亿多中国人民吹响的时代号角——永不停歇再出征,永远奋斗再创业。

"我们党从弱小到强大,从九死一生到蓬勃兴旺,从只有50多位党员到拥有8900多万党员、450多万个基层组织,成为世界最大执政党。之所以能如此,根本在于我们党能始终同人民想在一起、干在一起,保持初心不改、壮志豪发,在风云变幻的百年史册上留下不朽传奇。"望着闪闪发光的党徽,我颇为感慨。

"初心"和"使命",在十九大报告中掷地有声,更在现实成就中落地生根。十八大以来的5年,人民生活不断改善。深入贯彻以人民为中心的发展思想,一大批惠民举措落地实施,人民获得感显著增强。脱贫攻坚战取得决定性进展,6000多万贫困人口稳定脱贫,贫困发生率从百分之十点二下降到百分之四以下。教育事业全面发展,中西部和农村教育明显加强。就业状况持续改善,城镇新增就业年均1300万人以上……

"为有牺牲多壮志,敢教日月换新天。革命先烈的付出,不会被人民群众所忘记。革命先驱张人亚立党为公、忠诚为民的奉献精神,更是我们不忘初心、对标学习的榜样!"女儿听到这里,使劲地点了点头。

"忠诚源于信仰。是信仰的力量,让张人亚为了革命事业鞠躬尽瘁死而后已。作为一名基层党员,我们要向张人亚同志学习,发挥好一名党员的先锋模范作用,不忘初心,高举党的旗帜,与祖国一同奋进。"

中秋刚过,深蓝的天空下,大地一片金黄。此时,距离党的十九大召开还有不到十天时间,此次大会将对党章再一次进行修改。而在近一个世纪前的北仑霞浦霞南村,曾经有一位名叫张人亚的年轻人,他不仅是宁波早期的共产党员,更是中共现存的第一部党章的守护人。

这天,十九大党代表"朝霞妈妈"胡朝霞在即将启程赴京之际,来到张人亚故居,感悟先辈共产党人的革命精神。"晚荷先生称得上是张人亚的启蒙老师。在他的指引下,张人亚开始接受新式教育和进步思想,认识到反帝反封建的深刻含义。也是在晚荷先生的支持下,张人亚的父亲把他送到了镇海县立中学读高小,才有了他此后的革命之路……"

秋风轻拂,漫步在"首部党章守护者"张人亚的故居,重温张人亚的革命事迹,胡朝霞不禁感慨:"忠诚源于信仰。是信仰的力量,让张人亚为了革命事业鞠躬尽瘁死而后已。作为一名基层党员,我们要向张人亚同志学习,发挥好一名党员的先锋模范作用,不忘初心,高举党的旗帜,与祖国一同奋进。"

在风云诡谲的形势下毅然入党,在危急关头舍命保护党的事业,为信仰奋斗到最后一刻直至病死他乡……"张人亚牺牲时年仅34岁。他的一生虽然很短暂,却熠熠生辉、意义非凡。"作为北仑唯一的一名十九大代表,胡朝霞在做好大会提案的前期准备调研工作的同时,还有一个想法——把北仑人张人亚的红色故事带到北京去,让更多人知道张人亚的事迹,让党章精神不断发扬光大。

而随着十九大的召开,十九大报告中"不忘初心,牢记使命"的主题引起了广大党员群众的热议。"习近平总书记的报告鼓舞人心、催人奋进。报告回顾了过去五年的成绩,非常客观实在。在展望今后工作中,特别提到了中国共产党在新时期的历史使命,强调不忘初心、继续前行,不忘初心、牢记使命,不忘初心、方得始终的决心,令人欢欣鼓舞。"宁波国际海洋生态科技城管委会副主任杜未浩说。

"掌握新思想,开拓新实践!习近平总书记在党的十九大开幕会上所作的报告,具有很强的理论性、思想性、实践性和指导性,通篇闪耀着马克思主义的真理光芒,展示了以习近平同志为核心的党中央引领新时代中国特色社会主义的理论成果、实践成果、创新成果。"宁波市委党校副校长冯建波在解读十九大报告时表示。

"新思想引领新征程!党的十九大报告紧紧围绕中国特色社会主义新时代这一主题主线,提出了关系党和国家事业发展全局的一系列新的重要思想、重要观点、重大判断、重大举措,集中体现了当代中国马克思主义最新成果,是指导当前和今后相当长时期党和国家事业发展的政治宣言和行动纲领。"北仑区委党校常务副校长俞斌说。

已到北京参加党的十九大的胡朝霞,接受媒体采访时,拿出了一件特殊的礼物,"这是一幅由我们宁波手工艺人用传统金银彩绣技艺绣成的党章。我们希望能在这个具有里程碑意义的大会上,向张人亚这位舍生忘死为我们党保存了第一部党章的共产党员表达崇高的敬意。"

不忘初心,方得始终。来京参加党的十九大的前两天,胡朝霞还来到中共二大会址纪念馆,采访搜集张人亚同志相关事迹。纪念馆的同志紧紧地握住她的手,就说了一句话,"我们一定要让红色信仰代代传承下去",她的眼泪就掉下来了。她感到有一种沉甸甸的历史责任感压在肩头。

"从张人亚同志守护的第一部党章,到如今党的十九大对党章进行修改,这让我深深感到,中国共产党对于国家和民族负有特殊使命,一代代共产党人为此矢志奋斗,从胜利不断走向新的胜利。"胡朝霞说。

此次党章修正案审议通过后,树立党章意识、学习贯彻党章是第一位要求。为此,北仑建设"张人亚党章学堂",不断砥砺信仰信念、锤炼党性修养,同时计划开展全国性的纪念张人亚120周年诞辰活动,让红色基因融入党员干部群众的血脉,用信仰塑造精神家园,引领实现民族复兴的新征程。

与此同时,为了让信仰的种子代代相传,在北仑霞浦街道三中心的党员活动室里,几位满头白发的老党员正在给辖区幼儿园的孩子们讲述共产党人的初心故事:"孩子们,一定要珍惜现在的美好生活,这是无数先辈流血流汗换来的。为了人民奉献一生,这就是共产党人的初心精神。"

1951年参加革命工作的老党员张荣财,回想起自己入党时,因为乡里没有党旗,就在举行宣誓仪式前,自己量尺寸,请一位裁缝帮忙制作了一面党旗。半个多世纪过去了,这面党旗他一直珍藏着。张荣财将这面珍藏60余年的党旗带到了活动现场,他深情地看着党旗,哽咽地说道:"一看到这面旗子,就鞭策自己,不忘初心,兢兢业业工作,服务百姓,为党奉献一生。"

87岁高龄的老党员戴行才也带来了一件宝贝,那是1951年,他获得的海防建设一等功臣的证书。摩挲着已经泛黄的证书,想到如今的幸福生活,戴行才说:"最难忘的就是指导员跟我们说的那句话——不拿群众一针一线。这么多年了,这句话时常在我耳边响起。一路走来,我也是以这句话为标准严格要求自己,牢记使命,不忘初心。"

老党员们用一个个生动的故事,给孩子们的心灵进行了一次洗礼。"我们北仑霞浦人张人亚,在大革命失败的紧要关头,悄悄地把首部党章等珍贵文献送回了霞浦老家。你们要知道,那个时候,随便什么人在码头上走走,都有可能被误杀。他带回的是一大包文件书刊,可不是一两件书报。要是暴露了,全家老小可是要丢身家性命的呀!"

孩子们个个聚精会神,听得津津有味,沉浸在张人亚的革命故事中,"爷爷,那他后面怎么样啦?""张人亚怀着一颗初心,一往无前地走在革命的道路上。"

秋高气爽,丹桂飘香。就在十九大闭幕后,胡朝霞再次来到张人亚故居,在这名先烈生活学习过的地方,重温他的精神,并与霞浦街道党员志愿者一起重温入党誓词。

回想过去近20天时光,胡朝霞感慨道:"不忘初心,牢记使命,十九大报告明确了新时代中国共产党的历史使命。而在张人亚身上,有着我们早期共产党员的'初心'。"作为一名基层党员,她表示更应该不忘初心,牢记使命,向张人亚这位老乡学习,将对党的信仰和忠诚,化作自己今后工作、学习的强大动力。

"我志愿加入中国共产党,拥护党的纲领,遵守党的章程……"聚焦十九大会议精神,学习张人亚赤诚之心,学党章、听党课、读先驱、温誓言……随着一句句铿锵有力的宣誓声响起,继承张人亚的遗志,不忘初心,走向新时代的号角声已经吹响!

信仰之路

1
"我加入共产党并不是偶然的事"

中国的红色政权为什么能够存在：①中国是一个政治经济发展极不平衡的半殖民地半封建的大国，反革命营垒内部不统一并充满矛盾，因而使许多农村小块革命根据地能够在反革命政权的包围下产生、坚持和波浪式地向前扩大。②经过第一次大革命影响和锻炼的工农兵士，为建立革命军队和红色政权准备了良好的群众基础。③中国革命形势是跟着国内买办豪绅阶级和国际资产阶级的继续的分裂和战争，而继续地向前发展的。这就为小块红色区域的长期存在和发展，提供了客观依据。④相当力量的正式红军的存在，是红色政权存在的必要条件。⑤共产党组织的有力量及其政策的正确，是红色政权长期存在和发展的关键条件。

——总结自《毛泽东选集》

"你们说的张人亚,做过芜湖中心县委书记,放到现在,就相当于安徽省委书记!"

"风雨如磐暗故园……我以我血荐轩辕。"鲁迅先生曾用磐石压顶,来形容帝国主义、封建主义的侵略和压迫,使得祖国暗无天日,景象惨淡,岌岌可危。而他同时表示,虽然人民暂时还未觉醒,但他要尽自己的努力,唤醒群众,和群众一起战斗,甘洒热血写春秋。在风雨如磐时期,我们的革命先驱张人亚选择了救国救民的革命之路,此次我们张人亚革命事迹联合调研小组寻访的第一站,选择了安徽芜湖。也许有人会问,为什么会是这里?

让我们先从张人亚的生平讲起。

张人亚(1898年5月—1932年12月),原名张静泉,宁波市北仑区霞浦街道霞南村人。1922年4月加入中国社会主义青年团,同年11月加入中国共产党,早期中国工人运动的领导人、中国革命互济会全国总会主任、中华苏维埃共和国中央工农检察委员会委员、中华苏维埃共和国中央出版局局长兼印刷局局长、中共一大和二大珍贵文献文物的保藏者。

1927年"四·一二"反革命政变后,张人亚在上海中共中央机关工作。在那个白色恐怖最为狰狞的年代,1931年6月,他担任了中共芜湖中心县委书记,负责指导安徽沿江和江南地区34个县的党的工作,而此时,距离他走向生命尽头仅剩一年半的时间了。

这就是我们选择芜湖作为寻访地第一站的缘起。

春日载阳,有鸣仓庚。2018年3月5日,温润清朗的天空时而飘来零星小雨,早上7时,我们早早地等候在了宁波北仑档案馆门口。今天,由宁波市委党史研究室带队的张人亚革命事迹联合调研小组,将前往安徽芜湖、合肥等地,了解革命先驱张人亚的革命事迹。踏着春天的脚步,我们沿着革命先烈的足迹,开始了寻访张人亚的旅程。

"为了共同的使命,我们又见面了!"远远地,传来了北仑区委党史办盛光杰主任的招呼声。是啊,我们寻访张人亚的区级调研小组,曾几次从北仑出发,走访中共劳动组合书记部旧址陈列馆、中共三大后中央局机关历史纪念馆等地,寻找"首部党章守护者"张人亚的初心印迹。记得当时因为大雪封路,而我们又急着赶时间,大家表示要学习人亚精神,忙不迭地买了动车的站票,一路站到了上海;而后又赶紧挤上了地铁2号线,以马不停蹄的节奏,准时赶到了上海地下组织斗争史陈列馆。

先让我介绍一下我们此次寻访小组的成员。有宁波市委党史研究室的傅晓副主任、刘士岭处长、张水利副处长,北仑区委党史办盛光杰主任、贺海波副主任,霞浦街道宣传委员严玲玲、文化站站长贺霁,我代表的是北仑区委组织部。

一路上,汽车裹挟着春色在大地上穿过,车窗外是一片绿色,极目远眺之处是连绵且如黛的青山。车窗内,我们开始交流此次前往芜湖的主要任务。

"1930年初,张人亚受命到芜湖建立中共中央金库,将江西的赣西南苏区、福建的闽西苏区等革命根据地打土豪分田地或没收缴获的金银,通过加工经营转换成现洋和钞票上交上海中央,为解决中共中央活动经费问题起了很大的作用。这是一条重要线索。"

"1931年6月,张人亚临危受命,再次被中共中央派来芜湖,担任中共芜湖中心县委书记。那时,芜湖国民党当局为了配合军队对苏区的'围剿',由党、政、军、警联合组成'剿共团',到处搜查和捉拿共产党;紧接着,江淮暴发大洪水,安徽60个县全部遭受水灾。当时的环境何其艰苦、何其严酷啊!整顿恢复党组织活动,带领灾区人民抗灾保革命成果,是张人亚面临的首要任务。"

因此,芜湖,是张人亚人生中重要的一站。

芜湖,我们来了!

车轮滚滚向前,在大家的叙述中,关于张人亚的各种历史剪影,慢慢展开,抵达我的内心:"我加入共产党并不是偶然的事!"作为宁波北仑霞浦人的张人亚,早些年从宁波北仑出发,开始走上了革命的道路。16岁时,他去上海银楼做学徒,参加夜校学习期间,接受进步思想的熏陶,马克思主义思想像一粒种子,在他的心里生根发芽。

为了让共产党的文件得以保存好,让马克思主义信念传播开来,他不顾个人安危,冒着生命危险,把首部党章送回霞浦老家保藏……他是共产主义的忠诚战士,而我们此次从宁波北仑出发,更是不忘初心、牢记使命的又一次新征程上的再出发!

响午时分,我们走进了芜湖这座城市。步入街头,那浓荫遍地的香樟树，婀娜多姿的垂柳，似在诉说这座"云开看树色，江静听潮声"城市的蓬勃与活力。而我们每前行一步，仿佛都能隔着时光触摸到当年先驱奋斗的足迹。

下午3时刚过，我们与芜湖史志办副主任张正亮一行就接洽上了，一听说张人亚，他们立即打开了《中国共产党芜湖历史》一书，指着第241页说："你们说的张人亚，做过芜湖中心县委书记，放到现在，就相当于安徽省委书记！"顺着他手指的方向，我看到张人亚年轻的面庞出现在纸页上。

"芜湖中心县委的工作刚刚开始，就遇到了严重的困难，一方面是国民党加紧了白色恐怖的统治；另一方面，芜湖遭到了多年未见的特大水灾……"再苦再难，也消磨不了张人亚的革命斗志，我们深深地为张人亚忠诚于党的精神感动着。

夜色渐浓，我开始掌灯梳理当天收集到的史料。在伏案提笔记录的间隙，我的思绪随着窗外如荼的夜色蔓延开来。

在血雨腥风之时，为了救劳苦大众于水深火热之中，以张人亚为代表的早期共产党人，离开家乡，远离亲人，在这里开始革命的征程。在芜湖无数个挑灯工作的日子里，那一盏盏闪烁跳跃的煤油灯，照亮了张人亚的人生之路，也照亮了众多人的未来。

今晚，我们也将提灯上路，在张人亚的革命史迹中，寻找共产党人的初心，找寻光明的所在。

"作为金铺老板，张人亚为党掌握经费，经手那么多的金银，可从来没想过放进自己口袋里,宁愿过着简朴生活。他是党放心的人!"

到达芜湖的当晚,一夜无眠。

三月的芜湖,天气有些微凉。清晨,我伫立在芜湖的街头,怀想革命先驱张人亚曾经在这片热土上,为了党和人民的美好未来而浴血奋战,脚踏这片土地,我觉得心中有股红色的力量在激荡。当我静下心来沉思的时候,有诸多疑问浮上心头,张人亚是如何被组织看重,来到了芜湖开金铺,为党中央筹集活动经费?后来,在白色恐怖的重重包围下,他又如何秘密开展组织工作呢?

带着这些疑问,3月6日上午,我们走进了芜湖史志办,走进历史的纵深处,触摸那段厚重的时光履痕。

翻开《中国共产党芜湖历史》一书,上面记载:张人亚在芜湖有开设金铺和担任中共芜湖中心县委书记这两段非常重要的经历。芜湖中心县委书记,实质上就是中共安徽省委的负责人。因为当时中共芜湖中心县委管辖区域以外的地方,都被划到临近省份,芜湖区域就是当时安徽省的区域。

"他被党中央派到芜湖开设金铺,在芜湖等地秘密从事为党中央筹集活动经费的工作。"

"芜湖中心县委成立时,他被派往芜湖,担任中心县委书记一职,领导和恢复安徽34个县的党组织。"

也就是说,这位在当时任职相当于"安徽省委书记"的革命者,曾是守着一个"金铺子"的大老板!

接下来，我们试图从当地党史研究者的讲述中，找寻张人亚在芜湖开设中央金库的细枝末节。

1930年，张人亚因曾在上海银楼当过工人，并担任过上海金银业工人俱乐部主任，对金银业非常熟悉，组织上安排他到芜湖开办了一家金铺，表面上是对外加工、收购和出售金银饰品的店铺，实际上是中共地下联络站以及中央经费的筹集和中转站，也可以说是党中央的金库。他的主要工作是接收各地党组织从土豪处没收的以金银为主的财物，把它们兑换成现洋或钞票，上交给党中央作为活动经费使用。

那么，组织上为什么会把开设中央金库这项重要而危险的任务交给张人亚？

原来，一方面，这跟张人亚早年的经历有关。张人亚16岁离开家乡宁波北仑到上海，在银楼里当金银饰品的制作工人，对金银成色和行情十分了解。另一方面，这也和张人亚之前的工作有关。在被派到芜湖工作前，张人亚是中共中央秘书处内埠交通科科长，内埠交通科主要负责党中央和各部委、江苏省委、在上海的党的外围组织之间的联系工作，内埠交通科工作人员善于处理突发问题，在保守党的秘密方面有极强的工作协调能力。

而张人亚担任芜湖中心县委书记，在芜湖史志办宣教科科长龙遗华眼中，属临危受命，且不负众望。"张人亚上任后，当时的条件非常艰苦。由于叛徒出卖，周边地区党组织相继遭到破坏。芜湖中心县委所辖的34个县，有党组织的只有20个县。中心县委成立后，张人亚不辞辛劳，将各地零散的基层支部和党小组建成组织系统，纱厂、面粉厂等支部相继成立,同时建立了赤色工人小组、互济会等群众组织,提拔工农积极分子进入中心县委工作……"

"作为金铺老板,张人亚为党掌握经费,经手那么多的金银,可从来没想过放进自己口袋里,宁愿过着简朴生活。他是党放心的人!"芜湖史志办龙科的一席话,让我内心一震。

在他的叙述中,我恍然走进了历史的深处:从民国初年起,芜湖靠近长江的一处黄金地段,集中分布了不少金银店铺,当地人称其为"金银一条街"。这里,买卖人的吆喝声,以及打铁铺的当当声犹然在耳。

作为金铺老板的张人亚,正行色匆匆,疾步前行,有时出现在店里为党筹备资金,有时出现在码头,他要赶水路去上海,把金银首饰兑换成现洋,交给党中央。1931年7月,芜湖发生水灾,几乎全城被淹,交通断绝,张人亚又以小贩的身份,行走在为党筹建基层组织的路上。

走出芜湖史志办,我的眼前一直晃动着张人亚忙着赶路的身影,轮廓虽然有些模糊,但他目光坚毅、一往无前的姿态,让我明白了什么是共产党人的初心。

伴着拂面的春风,芜湖史志办一行人带领我们来到芜湖市博物馆,下长街、芜湖纺织厂、中共安徽省委机关旧址(芜湖柳春园)等旧时场景映入眼帘。

目睹这一幅幅暗黄色的老照片,我犹如置身于民国芜湖县城的风俗画中。昔日的芜湖有"小上海"之称,很多商人选择来到这里开店,有宁波人开设的老宝成、老庆宝、老同庆、老天宝,江苏人开设的老凤祥、天宝成、新天宝、丹凤、宝庆等,其中又以宁波人开办的老宝成、老庆宝规模最大。狭长的下长街上,走街串巷的商贩,再加上闲来逛街的人,呈现出一派热闹的景象。张人亚的金铺,也许就是其中不太显眼的一间。而芜湖纺织厂,张人亚曾在这里建立党支部,那简朴的纺织车间,留下了革命先驱坚定而有力的足迹。

理想、信念、忠诚、信仰,支撑着张人亚的人生,也深深地触动了我的心灵。

"张人亚在极其严酷的环境中和非常困难的条件下,努力为党工作,很好地完成了党组织交给他的任务,从中展现了张人亚坚定的革命意志和淡泊名利的思想品质!"芜湖史志办龙科的一席话,把我拉回到了现实中。

走出博物馆,和煦的阳光透过树叶的缝隙投射到大地上,映出一片斑斓。猛然间一抬头,我看见我们一行人胸前的党徽,在历史与现实的交汇中熠熠生辉。

"在当时的白色恐怖环境下,中心县委机关的位置是在不断变换和搬迁的,有时设在民居里,有时设在店铺中,张人亚这个'省委书记'可以说是居无定所。"

在芜湖寻访张人亚的第三天,大雨不期而至。一大早,领队决定冒雨带我们寻访张人亚在芜湖开金铺的旧址,以脚踏实地的方式,重走先驱路。

我们一行人冒雨沿着芜湖市区的下长街开始寻访。这时,雨越下越大,雨滴打在伞顶,犹似急促的鼓点,在为我们的寻访鼓劲。走着走着,雨水斜穿雨伞淋湿了裤脚,也渗透了鞋底。

"芜湖发大水时,张人亚帮老百姓救灾,走街串巷地慰问,关心他们的灾情。那时全城被水淹,他的出行都是问题,哪会顾得上穿鞋呢!"大家觉得这算不了什么,继续往前走去。

当我们路过一个商业综合体时,忽然眼前一亮,看到这里高挂着一块"金街"的牌子,于是便顺着牌子下方的长长巷道往里走。老码头建筑、金银饰品,这些场景与旧时芜湖长街的模样相似,可仔细一看,却又感觉不尽相同。印象中,当地党史学者提及,张人亚开金铺所在的金银一条街的位置,背靠着芜湖江岸和码头。很显然,这里并没有江岸,不是我们要找的地方。

大家并不泄气,继续沿着长街的方向一路往前。

终于,雨中真正的长街,影影绰绰地出现在我们眼前,街道两旁各色的店铺林立,信步在青石板路,我发现这里街道短小,纵横交错。穿过一个巷道,迎面又是一排排商铺,烟雨蒙蒙中,让人分不清身在何处。在满目店铺中往前望去,目光所及之处,几座老旧的小楼,似乎在诉说着曾经的繁华和沧桑。

此时,三五成群的人们,撑着雨伞从我面前走过,我却有种恍如隔世的错觉。张人亚往返于长街的身影,时时在我眼前浮现:

有时,他冒着生命危险,来往于中央苏区和白区之间,为党运转黄金和现钞;有时,他去灾民家中救灾,路上碰上"求生"的灾民,"有一吊钱就抢,衣服稍好一点即剥",他义无反顾;有时,他的身影出现在纱厂、面粉厂,在芜湖宣布戒严、日夜士兵站岗的白色恐怖下,坚持给同志们过正常的组织生活……

雨雾迷蒙中,我的眼角不觉湿润了。

当我们打算寻访张人亚当年在芜湖工作的中心县委旧址时,芜湖市新四军历史研究会副秘书长丁瑜的一席话,让我心里一震。"在当时的白色恐怖环境下,中心县委机关的位置是在不断变换和搬迁的,有时设在民居里,有时设在店铺中,张人亚这个'省委书记'可以说是居无定所。"

丁瑜曾参与编写了2008年出版的《中国共产党芜湖历史》,"在开展武装斗争方面,芜湖中心县委成立后,立即派人去广德县指导皖南红军独立团工作,并数次致信广德县委,对其工作提出批评和要求,并为广德县委制定了具体的工作纲领和计划。后又派人到无为县,指导当地红军游击队的建设和武装斗争。为了发展工人运动,中心县委恢复了与省委同时遭破坏的芜湖工人联合会,派中心县委委员、宣传工作的负责人商惠来任工联党团书记,恢复了在芜湖裕中纱厂、益新面粉厂和黄包车工人中的赤色工人小组。同时又派出专人到南陵县、繁昌县、潜山县、宣城县等地的矿山,指导帮助当地的党组织开展工人运动。"

"回过头去看历史,党中央在王明'左倾冒险主义'路线影响下,片面要求各级党组织快速提拔工人,用以代替知识分子担任党内要职。但是,张人亚领导的芜湖中心县委还是尽可能地根据本地实际情况开展工作,并要求下级党组织在工作中一定要注意'左'的问题。同时,张人亚还在给党中央的报告中建议:要反'右倾',也要防

'左倾'。可见他非常有政治远见,也是有思想、有胆魄的人。"

大雨倾盆,我们驱车前往合肥,与安徽省委党史研究室副主任施昌旺一行人接洽上。"安徽芜湖是长江的大码头,跟南京、上海比较近,加上不是省会城市,国民党的控制没那么严,所以张人亚被党中央派到这里来开展工作。"

施主任指着《隐蔽战线上的安徽人》样书,芜湖的革命历史,娓娓道来:"在中国近现代史上,芜湖是安徽省最早对外开放的城市,素有'长江巨埠、皖之中坚'之称。同时,自辛亥革命运动到大革命时期,芜湖就是安徽新思想、新文化的传播之地,革命运动的策源之地,有一大批著名革命人物曾在此活动。第一次国内革命时期,芜湖是中共最早传播马克思主义的地区之一,建立了中共党组织,支持'五卅'运动和北伐战争。"

我抬头望去,殷红色的书籍赫然在目。在《张人亚:从金铺"老板"到芜湖中心县委书记》一文中,记录了张人亚在芜湖开设金铺为党筹集经费的细节,"第一次,1930年6月,由闽西运来黄金700两;第二次,1930年底,由赣西南运来黄金2007两……""虽然经手这么多的金银现款,但是张人亚还是过着依然艰辛的俭朴生活,不动用一分钱公款。"

"广德可以发展。""每个同志都要过组织生活。""帮助繁昌和宣城开展矿工工作。"我的目光被芜湖中心县委1931年9月的工作计划吸引住了,张人亚埋头思考芜湖党建工作的身影逐渐在我脑海中清晰起来:

外面风雨交加,张人亚衣衫单薄,坐在房间里沉思。他时而拿出笔来刷刷地奋笔疾书,时而坐在那里托腮思考。中心县委所辖的34个县,只有20个县有党组织,其余的14个县多半没有组织……想到这里,他来不及拿上雨伞,急匆匆地冲了出去。他相信,雨后初霁、艳阳高照的时刻终会到来。

我不由得为张人亚爱党、忧党、兴党、护党的情怀所打动。

离开安徽的时候,天放晴了。踏着春天的脚步,我们前行的步伐坚实而有力量。

"这样可以确定,'张执一'就是张人亚两次来芜湖从事革命活动期间使用的化名。"

又一次来到芜湖,是在柳絮纷飞的五月,我跟随宁波电视台《初心·印迹》摄制组,拍摄革命先驱张人亚在芜湖奋斗的旧址场景。在此之前,芜湖史志办提供的资料表明,张人亚在芜湖临危受命的两次经历,都采用的是张执一的化名,那么,这化名是如何考证的呢?带着这样的疑问,我们一行人走进了芜湖史志办。

"在中国近现代史上,芜湖是安徽省最早对外开放的城市、全国四大米市之一。进入土地革命战争后,中共中央先后在芜湖设立中共芜湖中心县委、中共芜湖临时中心县委等区域性党的领导机构,芜湖成为安徽革命运动的中心。"提及芜湖的革命活动,退休前在芜湖史志办工作的党史专家丁瑜如数家珍地一一道来。

明清时期,随着徽商的发展,芜湖作为皖南的门户,工商业开始逐步兴盛起来。到了1876年，根据中英《烟台条约》，芜湖被辟为对外通商口岸，1882年芜湖米市正式开市，带动芜湖商业进入鼎盛时期，沿青弋江到大江口建立的十里长街成为当时商业中心。1930年，张人亚来到芜湖，开办了一所金铺子，将江西的赣西南苏区、福建的闽西苏区等革命根据地打土豪分田地或没收缴获的金银，通过加工经营转换成现洋和钞票上交上海中央，为解决中共中央经费问题起了很大的作用。

在他的叙述中，我的目光仿若回溯到了旧日时光：店铺林立的十里长街上，车水马龙，熙来攘往。在十字交叉的路口，是一家陈设雅致、古色古香的金铺。檀木门窗，镶金柜台，一排实木制作的柜子依墙而立，像一本高大的线装书，一行行吊着黄铜耳环的狭深的抽屉，盛放着镂金铺翠的几十种首饰。方格窗射进安静的光线，映照在金铺老板张人亚的身上，发出柔和的光芒。他起身而立，顺手将左手边的窗帘拉了下来，今天是月底盘存的日子，他得早做准备，及时将收缴的金银兑换成现洋，上交给党中央……

"可是，究竟出于什么考虑，党中央要把这么重要的金铺子设在芜湖，而不是其他地方呢？"摄制组王导的提问，将我拉回到现实中。我晃了晃神，脑海中，张人亚怀揣银两，赶水路去上海的画面不时地浮现。

"一个原因是当时芜湖城市不大，不太容易引起注意；同时芜湖的银楼业具有一定的规模，可以消化从苏区送来的大量黄金。"在充满檀香的芜湖史志办档案室，丁瑜的一席话，解开了大家心中的疑团。

"另外，宁波人在芜湖银楼业有举足轻重的地位，利于张人亚利用同乡关系进入圈子，开展业务；还有就是芜湖与上海之间水陆交通十分便利。"

"还有一个重要原因,就是芜湖商界和上海一直有很紧密的联系,芜湖商家所售的货物,基本都是从上海进货,芜湖的许多商家都在上海设有行庄,把在上海购买的货物暂囤起来,再运至芜湖销售,这就极大地方便了张人亚把苏区送来的财物再转运至上海中央,尽可能地减少了风险。"

在一个疑问被解开之时,我们又产生了新的疑问。据《张人亚传》考证,张人亚在读书至上海银楼工作期间,名字用的都是张静泉。张人亚是他参加革命组织时自己改的,但起先在金银业工人运动中仍用张静泉这个名字,正式使用"张人亚"是在1924年成立浙江旅沪工会时,以后在工人运动中他就完全使用张人亚这个名字了。那么,"张人亚"也是他在芜湖使用的化名吗?

"我们研究张人亚在芜湖活动历史的过程中,发现'张人亚'这个名字从来没有完整地出现在同一份原始文献中,从中心县委到临时中心县委的文件里提到的县委主要负责人,称为'张同志''张书记'或'老张',而中央巡视员陈文给中央的报告中,则始终称之为'人亚'。一个是有姓无名,一个是有名无姓,可是合起来看肯定是张人亚无疑。"

但是,在丁瑜看来,确定"张人亚"就是他在芜湖公开使用的化名,却存在两个很难解释的问题。

一是1931年6月22日,中央政治局常务委员会主席向忠发被捕后,供出张人亚在芜湖开设金铺子的情况。国民党特务机关已准确掌握张人亚的姓名和曾在芜湖的活动情况,一定会通知芜湖国民党警察特务机关对张人亚进行抓捕,为什么张人亚几乎是在向忠发供出他的同一时间重返芜湖,并在芜湖活动了近半年时间却安然无恙呢?

二是1986年12月,当时的中共芜湖市委党史办公室曾派专人到九江市,找到原芜湖中心县委委员商惠来征集资料。在问到他是否了解张人亚时,商惠来却答复不了解张人亚这个人。据当时中心县委留下的文件来看,商惠来是中心县委的主要成员之一,和张人亚工作关系十分密切,这又是什么情况呢?

"我在芜湖史志办资料室找到张宅中的回忆材料,终于有了可以解开以上疑问的一把钥匙。"丁瑜指着访问张宅中的记录资料,给我们介绍道。原来,在芜湖中心县委、临时中心县委时期,张宅中一直在芜湖,开始担任团省临委书记,临时中心县委对团组织改组后,张宅中任团芜湖中心县委书记,并按照陈文的要求,以团组织负责人的身份参加临时中心县委的每一次会议,所以同张人亚是非常熟悉的。

我们看到,在这份访问记录中,清楚地记录下了张宅中的回忆:"芜湖中心县委书记张执一。"

"由此看来,'张执一'就应该是张人亚在芜湖使用的化名,这样就完全可以解释为什么国民党在芜湖抓不到'张人亚',商惠来为什么不了解'张人亚'的问题了。"

"至于陈文给中央的报告中,提到张人亚的时候都是'人亚'而不是'执一',这是因为张人亚曾担任中央秘书处内埠交通科科长,他当时用的姓名就是'张人亚',应该和同在中央工作的陈文很熟悉。陈文在给中央的报告中就仍称呼他为'人亚',既是一种习惯,又反映出他们之间熟悉甚至有点亲切的关系。"

那么,张人亚在芜湖经营金铺期间,用的是"张人亚"还是"张执一"的化名呢?我们一行人又把问题抛给了丁瑜。

"应该还是'张执一'。因为如果张人亚在经营金铺期间使用的是'张人亚'的化名,他当时在芜湖有一年左右的时间,身份又是一间颇有规模的金铺老板,而芜湖当时仅是一座十余万人口的县城,认识他的人应该不少,特别是有身份有地位的人熟悉他的应该更多,都会知道他是'张人亚'。即使他第二次来芜湖才化名'张执一',仍然很容易被认出并遭到逮捕。"

"这样可以确定,'张执一'就是张人亚两次来芜湖从事革命活动期间使用的化名。"听到这里,我们一行人陷入了长久的沉默中。坚定理想,忠诚信仰,我们不禁为执着如一的人亚精神而感动。

"第一次,1930年6月,由闽西运来黄金700两;第二次,1930年底,由赣西南运来黄金2007两。"

金铺半掩银蟾满。"执一老板,近来生意兴隆啊!看看你的店面,粉饰一新,在这条十里长街上,算是数一数二的了!"商惠来的声音,不紧不慢地从街角传来。

"生意嘛,还凑合。商老板,最近又做了什么大买卖?"张人亚一边从柜台上抬起头来,一边望向远方,若有所思地吟道,"一轮圆月照九州,几家欢乐几家愁。"

"我这里呀,倒是有不少的首饰,想搁你这,看看能不能卖个好价钱。"商惠来如急旋风般,说话间一脚跨进金铺,随手掩上了房门。

"执一同志,这是从闽西打土豪收缴来的金银,这周内兑换成现洋,送到上海,那边急着用款。"商惠来打开随身携带的包裹,悄声说道。

"惠来同志,请组织放心,我会想办法处理好的。其他还有什么事情要交代吗?"张人亚从抽屉里掏出台账本,把首饰放在秤台上称重后,逐一地做着记录。

"最近白色恐怖形势愈发严峻,他们在码头查得紧,你出门时要想些法子。隔几天还有一批货要运到,组织上要求,一定要确保安全。"商惠来用衣袖擦了擦额头的汗水,"今晚的明月如此皎洁,可是,明月几时有,把酒问青天呀!"

"我会小心的。我已经准备了数十条黄鱼,准备在鱼肚子里放一些银两。下次过来,看到这个红灯笼悬挂在左手边,就是安全的。"张人亚指了指头顶的灯笼说道。

"我记住了。大红灯笼高高挂,革命战士是一家。"商惠来伸出右手,跟张人亚紧紧地握在了一起。

"一共是700两。惠来同志,你在这上面签个字。"张人亚递过台账本,让商惠来在上面签字确认。

……

"700两,700两,700两!"我在睡梦中不自觉地叫出了声。"第一次,1930年6月,由闽西运来黄金700两;第二次,1930年底,由赣西南运来黄金2007两。"宁波电视台摄像全松彬拿着芜湖史志办的档案资料,把我从午睡中叫醒了,"彭老师,你是穿越到革命年代了

"我加入共产党并不是偶然的事"

吧,我支持你,去做一名坚强勇敢的革命女战士!"我笑着摇了摇头,想想这梦还真是神奇,商惠来的包裹里怎么可能捎带来700两金银首饰呢,70两也就差不多了吧!

我们《初心·印迹》摄制组的拍摄历时三天,到达芜湖的当天,在芜湖史志办宣教科科长龙遗华的带领下,我们选取了长江、来往船只、老码头、江水,以及芜湖繁华市区画面,拍摄一组空镜头。

从青弋江到长江的芜湖港东汇码头,只见一艘渔船在水波荡漾中徐徐而来,远远地,船上飘扬的五星红旗像夏日的阳光一样闪耀,令我们回想起为点燃革命火种而浴血奋战的先辈们。到了码头,摄像师四处寻找老码头的所在地,他从一处脚手架处往下爬,沿着旧时码头一路寻找,猛然间见到一艘小船停靠在岸边,他像找到宝贝一样,急忙拎着摄像机跑过去,模拟张人亚昔日从船上走上码头的场景。

他来来回回地跑了十来趟,每次走上岸,就像一个不知疲倦的赶路人,一步一步有力地走着。看到他一溜烟跑下去,再迈着坚定的脚步走上来,这专注敬业的模样,让我的眼前不禁浮现出张人亚踏上芜湖这片红土地的身影:

1930年,芜湖正处在国民党残酷的白色恐怖中,生存环境十分险恶。自芜湖成为安徽中共党的领导机构所在地以后,中共党组织的活动引起了国民党当局高度关注和警觉,军、警、宪、特经常开展大规模的搜捕活动,不断有中共地下党组织遭到破坏,中共党团员、进步人士甚至普通群众被捕的事情时有发生。这一年,张人亚被中央派到芜湖来开办金铺子,他着一身素雅条纹的褂袍,头戴一顶宽檐的深灰色帽子,手拎一只小皮箱。一踏上码头,他站在岸边回望滔滔江水深吸了一口气,任弼时在芜湖南陵被捕,许多党的重要领导人被捕被杀,前路漫漫,他一定要迎难而上,壮士一去兮不复返……

第二天,我们来到了十里长街,拍摄老街旧巷古迹和市井生活场景。

步入长街,一股浓浓的市井气息犹如浮世之绘,扑入眼帘。卖布的,用鸡毛掸子掸掉布匹上的浮灰,将多姿多彩的布一匹匹竖起来;开杂货铺的,将锅碗瓢盆摆在店门前,阳光照得器皿闪闪发光,需要添置的人家,买了它们,还顺带着捎回了阳光;开馄饨铺的,敞开店门,让芹菜肉丝馄饨的香味,拉扯过路人的衣角。我们还看到了一家开金银首饰的店铺,熠熠阳光照射下,金钗钿合,格外引人注目。

长街的拐角处,一幢老旧的房子犹如饱经沧桑的老人,见证着这里的繁华过往。我们的摄像师在房屋前驻足观察了一小会儿,然后扛着摄像机果断地走了进去。所到之处,蜘蛛网密布,脚下注满了青苔。他一边用手轻拂去头顶的蜘蛛网,一边猫着身子钻进了老屋,这"卑躬屈膝"拍摄的身影,令我深为感动,我依稀回到了旧时:

1931年6月,张人亚临危受命,再次被中共中央派来芜湖,担任中共芜湖中心县委书记。此时,芜湖国民党当局为了配合军队对苏区的"围剿",由党、政、军、警联合组成"剿共团",进一步加紧了对芜湖的控制,到处搜查和捉拿共产党,导致中心县委委员刘静波、县委秘书工作负责人李合台被捕。而在1931年7月,江淮暴发大洪水,安徽60个县全部遭受水灾。芜湖遭受的水灾比其他地方更为严重,所有的圩口全部决毁,30余万亩农田被淹,中心县委失去了和外县的联系,芜湖市区的党组织和赤色工人组织也因为工厂停产歇业,无形消散。

芜湖城里被水淹没,黄包车无法通行,改由划船行进,一时间,黄包车主濒临失业。张人亚化装成小贩,穿梭在车主间,号召他们一起集会,争夺小船的划船权。大水漫过了张人亚的膝盖,他每走一步犹如在疾风骤雨里跋涉,从上到下浑身湿透了,可他全然不顾,依然每家每户地发动,"大家一定要坚信共产党和人民的力量!"他站到了黄包车车主罢工游行的最前面。面临中心县委所辖的 34 个县,党组织比较健全的只有 20 个县的现状,张人亚又翻山越岭,行进在徽州山区,与这里的党组织同志取得了联系。山路崎岖,他却如行进在平坦大道上,疾步前行,健步如飞,他的耳畔响起了革命胜利的号角声……

第三天,我们在芜湖市档案馆查找张人亚的相关史迹。当问起频频被委以重任的张人亚究竟有何过人之处,他的身上还有哪些尚未被人发现的高贵品质时,芜湖史志办党史专家丁瑜表示,早年文件见证他很有政治远见。

我们看到,1931 年 6 月 28 日芜湖中心县委的一份指导文件记载:

"党不要定出力量不够的任务,反对一切'左倾'的空谈,要切实去组织群众,领导群众到战斗的阵地上去,反对脱离群众的先锋主义,反对隔离群众的兵变。"

"党要把过去工作上的错误,编成大纲在支部里来讨论……不要把过去悲惨的血的教训丢在脑后如梦一般放空过去,同时,把过去的教训联系到两条战线的斗争。"

丁瑜说,张人亚领导的芜湖中心县委一直在防止"左倾",并未盲目将"出身不好"的人换下,维护了芜湖中心县委的稳定。

我们的拍摄在芜湖早期标志性建筑——"老海关"大楼告以尾声。这座建于1919年的老海关大楼，目睹了张人亚出入码头的场景，而我们，也在一路的寻访拍摄中，又一次感受到人亚同志淡泊名利、勇于担当的革命精神。

五月的芜湖，柳絮满天飞，似在诉说革命先辈们对革命事业的热爱与激情。张老板、张书记……离开芜湖的时候，我的脑海中一直萦绕着张人亚埋头工作的画面，恍惚间，面对满城的暴风雨，他精神抖擞地走在路上，他要用满腔热血唤醒这片沉睡的土地……

2
"爹,这些东西比我的生命更重要"

  第一部《中国共产党章程》：中共二大通过的《中国共产党章程》，是中国共产党的第一部正式党章，共六章，二十九条。章程第一次明确提出了彻底地反对帝国主义和反对封建主义的民主革命纲领，即党的最低纲领；第一次详尽地规定了党员条件和入党手续，对党的组织原则、组织机构、党的纪律和制度，也都做了具体的规定。为了把党建设成为一个革命的群众性的无产阶级政党，大会提出两个重要的原则：一是党的一切活动都必须深入到广大的群众里面去；二是党的内部必须有适应于革命的组织和训练。我党第一部正式党章的产生具有划时代的意义，它标志着党的创建工作的最后完成。从此这个年轻的政党有了自己的立党之本和最高的政治行为规范。

——摘自《中国档案报》

"我们希望通过系列的活动,进一步搜集相关史料、发掘革命事迹、丰满人物形象、提炼精神品质,宣传好、弘扬好、传承好张人亚同志宝贵的革命精神,在习近平新时代中国特色社会主义思想指引下,彰显出崭新的时代价值。"

这是张人亚史料征集座谈会的现场,来自上海市委党史研究室、浙江省委党史研究室、中共二大会址纪念馆、瑞金中央革命根据地纪念馆、龙华烈士纪念馆、宁波市委党史研究室的党史学者,以及张人亚的家属代表会聚一堂,共同为发掘革命先驱张人亚的史料建言献策。

"张人亚同志在长期的革命斗争中磨炼的坚定信念、坚韧意志和不畏牺牲、不懈奋斗的品质是我们的珍贵财富。"

"他的革命事迹及现存故居承载着厚重的历史内涵、丰富的人文价值和深刻的教育功能,具有超越时空的生命力、吸引力和影响力。"

2017年11月30日,这是一个跟往常一样稀松平常的日子,可这一天对我来说,却有着非同寻常的意义。这是我借调到北仑区委组织部参与打造张人亚红色品牌工作的第一天,窗外如丝的小雨从空中降落,给周围的建筑披上蝉翼般的白纱,会场上,专家学者们正在积极地各抒己见。

"我们中共二大会址纪念馆是首部党章的诞生地,张人亚是首部党章的守护者,我们的党章厅不间断播放张人亚收藏首部党章的历史剪影,观众称这是活的展厅。在史料挖掘中,我们着重于张人亚生平的研究,同时也着重于党章的发展研究,让党章和首部党章守护者精神更加深入人心!"

"张人亚是在我们瑞金工作期间牺牲的一个革命者、一个中国早期的共产党人,做出了突出贡献的共产党人,宣传好他是我们当仁不让的职责。我感到张人亚革命事迹的发掘研究,还可以扩大我们的思考面,不要完全局限于张人亚个人,可以把他跟整个党的事业联系起来看。"

"张人亚的身上彰显着共产党人的优秀品质,他充满着理想必将实现的革命自信,在革命形势最困难最危险的时刻,他收藏了党的精神财富、历史财富。同时,他有着对党的革命事业创业维艰的坚持,从北仑到上海,又到安徽芜湖,再到苏区,他为革命一路奔波。他还有名利度外的操守,做几十年默默无闻的革命英雄。2021年是中国共产党诞生100周年,把我们建党初期的共产党人,平凡而伟大的张人亚事迹挖掘好,向我们党的100周年送上一份厚礼,可以告慰先烈,对我们党来讲,也是增添了一笔财富。"

偌大的会场,"刷刷刷"的记录声和着窗外淅淅沥沥的雨滴,如这冬季的一抹清泉,直抵我的脑海。张人亚是谁?他究竟有着怎样的革命故事?作为一个革命者,他跟北仑有着怎样的历史渊源?聆听着座谈会嘉宾的精彩发言,我的心中又不禁生出诸多疑问,而进一步搜集相关史料,挖掘好、宣传好张人亚的革命故事,正是此次座谈会的主旨所在。

翻阅张人亚的生平简介，我知晓了他是共产主义的忠诚战士，"张人亚是中国共产党早期党员，是早期中国工人运动的领导人，是中央根据地出版事业的掌门人，是中国共产党第一部党章的守护人。"望着窗外如帘的雨线，张人亚如传奇一样的人生故事，化作一片云彩，弥漫在北仑的这片天空。此时，我的记忆被拉回到同为浙东革命烈士的秋瑾、李敏的燃情岁月中。

鉴湖女侠秋瑾，曾与鲁迅、周恩来一起，被尊称为"绍兴三杰"。她组织妇女运动团队，负责浙省各处起义工作，为中国同盟会在浙省革命宣传展开道路。她已知徐锡麟在安庆起义失败的消息，但拒绝了要她离开绍兴的一切劝告，表示"革命要流血才会成功"，她遣散众人，毅然留守大通学堂。1907年7月14日下午，清军包围大通学堂，秋瑾被捕。她坚不吐供，仅书"秋风秋雨愁煞人"以对，15日凌晨，从容就义于绍兴轩亭口。

天气很冷，寒风刺骨，李敏被绑在樟村十字路口店堂前的木柱子上，敌人对她进行严刑逼供，她斩钉截铁地说"要口供半句没有，要性命现在就有一条"，并对乡亲们高喊"敌人很快就要完蛋""中国共产党万岁"。人称"浙东刘胡兰"的李敏，时任章水区委书记，1944年2月不幸被捕，被恼羞成怒的敌人连刺27刀后壮烈牺牲，鲜血染红了四明大地，染红了漫山遍野的杜鹃……

"我们希望通过系列的活动，进一步搜集相关史料、发掘革命事迹、丰满人物形象、提炼精神品质，宣传好、弘扬好、传承好张人亚同志宝贵的革命精神，在习近平新时代中国特色社会主义思想指引下，彰显出崭新的时代价值。"北仑区委常委、组织部部长朱安伟诚挚中肯的致辞,道出了打造张人亚红色品牌的意义所在。

　　座谈会休息的间隙,带着对革命先驱张人亚的崇敬和感佩之情,我寻访了北仑区委党史办盛光杰主任,他翻开《北仑革命烈士谱》,北仑先烈的英勇事迹,娓娓道来:"张人亚揭开了北仑党史篇章,新民主主义革命时期,曾有许多北仑籍仁人志士进行过可歌可泣的革命斗争。在白色恐怖笼罩城乡的1927年3月,身为北仑柴桥人的胡焦琴临危受命,毅然挑起了中共镇海独支代理书记(县委书记)的重担,在虎口里坚持革命斗争。由于反动分子告密,她不幸被捕,英勇献身,被国家民政部追记为著名女烈士。"

　　"中国革命的胜利,是党领导人民英勇顽强、百折不挠进行斗争取得的,是像张人亚一样的2000多万革命先烈用鲜血和生命换来的。在北仑锦绣大地上,在肃穆的烈士纪念馆中,在苍翠的烈士陵园里,铭刻着革命先辈为国奉献的壮烈事迹。而我们要进一步挖掘好、宣传好张人亚的革命史迹,愿革命先驱的伟大理想和革命精神所散发的光芒永远照耀我们祖国大地,激励我们子孙后代继续继承光荣传统,弘扬革命精神。"

　　盛主任的一席话,加深了我对北仑党史的进一步了解,恍惚间,仿佛看到张人亚正在领导工人进行大罢工,他冲在了队伍的最前面;胡焦琴临刑前,大义凛然,坚贞不屈,"姑娘不是软骨头,宁可站着死,不愿跪着生";李敏面对敌人刺刀,高呼着"中国共产党万岁"……

　　"中国革命历史是最好的营养剂。多重温我党革命的伟大历史,心中就会增添更多的正能量。北仑作为改革开放的前沿阵地,承担着'一带一路'试验区核心区建设的重任,我们需要把红色资源转化为精神力量,以永不懈怠的精神状态和一往无前的奋斗姿态,在推动改革发展实践中建功立业。"

座谈会在霞浦街道党工委书记胡斌的表态发言中接近尾声。走出会场,外面肆意飘舞的雨滴没了踪影,一抹红霞如胭脂般,染红了天际。在一片霞光中,我仿佛看到张人亚从北仑霞浦走出的身影,他翻山越岭,一往无前,始终走在革命路上,从没有回头……

> 他后来将儿子舍命带来的包裹,用油纸包好,放进了张人亚早逝妻子的棺材里,然后在长山岗上修了墓穴,将这些珍贵的文件资料存于这个衣冠冢里。

张人亚是宁波北仑霞浦人,我们张人亚革命事迹联合调研小组寻访的第二站,选在了北仑霞浦。北仑为什么会出现革命先驱张人亚?他珍藏的首部党章等珍贵文献,又是如何保藏在衣冠冢里的呢?这些疑问,一直在我心头萦绕。

北仑霞浦是一个江南小镇,张人亚故居就位于霞浦的霞南村。走进这里,远远地,"中国共产党首部党章守护者"的标识牌,如一道亮光射进我们心里。放眼望去,瓦蓝的天空下,那白墙黑瓦的民居楼房就像未经装束的少女,亭亭玉立在河畔,河水泛着丝丝涟漪,似在诉说这里沉淀已久的红色记忆。

"北仑霞浦是有着700多年历史的古镇,古时称'下浦张',这里的村民大多姓张。"北仑区委党史办副主任贺海波是土生土长的霞浦人,他对这片土地怀有深厚的感情。"童年时的张人亚,就在霞浦学堂创始人张晚荷开设的新学堂里接受启蒙教育,小小的四合院里,回荡着一阵阵琅琅的读书声。"循着"张人亚故居"的指示牌,我们推开一扇古朴斑驳的木门,恍惚间,一段穿越时空的历史画面,就这样扑面而来。

1898年5月,在北仑霞浦的农户张爵谦家里,二儿子张人亚呱呱坠地了。靠轮种族中几亩祭田和兼作厨师为生的张爵谦,从小以"展祠基、隆孝养、敦友爱、恤宗族、励行俭、勤职业、谨防闲、御群下、省材用、戒争讼、慎嫁娶、俭奁妆"的家范,来教养子女,在极度清贫的生活中,他依然设法让几个孩子读书识字。

与张爵谦同住一个四合院的张晚荷先生,虽是位前清秀才,但深厚的国学修养让他始终记着人之为人的道理,尤其是在他信仰孙中山的三民主义之后,他开设霞浦学堂,并常常在族学里向学生灌输反帝反封建的思想,还要求人亚及同学们背诵北宋理学家张载的一段话:"为天地立心,为生民立命,为往圣继绝学,为万世开太平。"

在霞浦学堂遭到破坏之时,他就将教室搬进了住宅的四合院里,所以少年张人亚每天早晨都是在这种琅琅的背书声中醒来的。但毕竟年少学浅啊,少年张人亚,开始时并不懂得这课文里讲的是什么,只是像阿宝背书似的将它认真背了下来。直到他稍长,尤其在上海进夜校读书,并接受了马克思主义思想之后,忽然如有一束光照亮了他的双眼,他开始懂得了做人就要一切为着人民、民族、家国,为万世开太平。

"张人亚的同学间,一直就有爱书、护书的氛围,他也养成了护书的习惯。有一个叫张季言的同学,后来捐了宁波天一阁五分之一的藏书。"贺主任觉得张人亚守护党章之举,并非偶然。

时间回溯到1922年6月,此时中共党员人数已经由中共一大召开时的50余人发展到195人。中国共产党的地方组织有所增加,在宣传、群众运动等方面的工作,也有了明显进展,中国工人运动出现了第一次高潮。这些情况的出现迫切要求中国共产党制定出一个符合中国革命实际情况的明确纲领和适应党组织发展需要的正式党章。

1922年7月16日至23日,中国共产党在上海公共租界南成都路辅德里625号召开了第二次全国代表大会。出席大会的有中央局成员、党的地方组织的代表和参加远东各国共产党及民族革命团体第一次代表大会后回国的部分代表。鉴于中共一大曾遭到法国巡捕破坏的教训,中共二大采取了较为严格的防范措施。

大会以小型分组会为主,尽量减少全体会议的次数,每一次开会都要更换地点。大会共进行了8天,举行了3次全体会议。会后,除了按规定将有关文件送到莫斯科共产国际外,为了更好地宣传和贯彻党的代表大会精神,中共中央还印制了小册子,将大会通过的党的章程和9个决议案收录其中,分发给各地党组织。而张人亚保存下来的这本小册子就是中共二大唯一存世的中文文献。

"我们说,张人亚收藏了革命文献,革命文献也收藏了他,一直以来,我们北仑具有光荣的革命传统。自建立中共地方组织以来,在抵御帝国主义侵略、推翻国内反动统治和谋求自身解放的过程中,许多北仑英雄儿女为此献出了宝贵的生命。"目睹革命先驱一张张生平剪影,北仑区委党史办主任盛光杰饱含深情地说。

"爹，这些东西比我的生命更重要"

与故居一条马路之隔的山坡上，是张人亚衣冠冢的所在地。周围青山环抱，绿水萦绕，正在新建的张人亚纪念公园，挖土机轰鸣。在通往衣冠冢的小路上，我们一行人拾级而上，每前行一步，仿佛和革命先驱一起匆匆而行，依稀间，他回到霞浦老家的身影若隐若现。

昏黄的煤油灯下，张人亚在霞浦的家中埋头学习。《共产党宣言》《马克思纪念册》……一本本红色书籍，犹如一道明光，指引他前行的方向。父亲张爵谦有时会过来给他披上外套，无意间瞥见桌上的书，他从字里行间感受到闪烁的真理光芒，房间里留下了父子俩促膝长谈的身影。

1927年4月12日，蒋介石发动上海"四·一二"政变，严重的白色恐怖笼罩着上海滩。在这紧急关头，张人亚想到平时学习后保存下来的党的文件书报，对于党的革命事业太重要了，他得想办法把这些资料珍藏起来。思来想去，突然一个念头闪现在脑海：送回乡下老家去！于是，一个冬日的午后，他悄悄地带着一大包文件书刊，回到了霞浦老家，"爹，这些东西比我的生命更重要！"父亲看着他焦急探询的眼神，默默地点了点头。

等到张人亚离家，张爵谦老人四处寻找珍藏文件书刊的地方，书柜里、夹墙中……甚至粮仓、地窖，他都想到了，可这些地方都不是长久之计。他后来将儿子舍命带来的包裹，用油纸包好，放进了张人亚早逝妻子的棺材里，然后在长山岗上修了墓穴，将这些珍贵的文件资料存于这个衣冠冢里。

每当下雨的天气，他担心文件资料会被淋湿；每当有老鼠出没，他又担心这些书报会被破坏。他还担心，要是有好事者盗墓，那可坏事了。于是,他专门在墓碑上少写了张静泉(张人亚曾用名)的"静"字。待到中华人民共和国成立后,没有等来张人亚的消息,在年届八旬之时,他挖开墓穴,打开棺材,将这批珍贵的文件书刊取出来,上交给了组织……

远处,依稀传来北仑港畔出航的汽笛声,我们一行人凝视革命先驱的墓碑,心情久久不能平静。"革命理想高于天。在大革命处于低潮时期,张人亚的信念不变,初心不变。新的伟大长征,还是需要坚定信念,时刻对党忠诚!"宁波市委党史研究室副主任傅晓的一席话,道出了我们共同的心声。

抬头望去,"浙江宁波早期中共党员""1922年上海金银业工人运动领袖"……一块块标识牌,犹如一座座闪亮的灯塔,照进了我们内心,照亮了这个时代。

"坚守张人亚红色传承,用信仰塑造精神家园。通过红色引领,把霞浦人的自信心、精气神提振起来,进而改变霞浦人的精神面貌。"

每年的清明前夕,北仑的一批志愿者会自发地来到张人亚的衣冠冢所在地——霞浦长山岗,敬献菊花,清理杂草,以志愿服务的方式缅怀革命先驱。在霞浦寻访的第二天,适逢清明节到来,我们决定走进长山岗,祭奠先烈,感受革命先驱的精神之力、信仰之光。同时也想通过寻访了解,在习总书记问起"那你说的那个人呢"之前,这个一度"沉寂"的红色人物,何以突然走进全国人民的视野,被人们传颂开来?

清明时节雨纷纷。四月的清明节,总是伴着些淡淡的雨,好像上天也会理解人们的无限哀伤。细雨霏霏,我们走在前往长山岗的路上,远远地,耳畔传来一阵清脆响亮的朗诵声:

> 我是中国人——
> 黄土高原是我挺起的胸脯,
> 黄河流水是我沸腾的热血,
> 长城是我扬起的手臂,
> 泰山是我站立的脚跟。
> 我是中国人——
> 在我的国土上,
> 不光有雷电轰击不倒的长白雪山、黄山劲松,
> 还有那风雨不灭的井冈传统、延安精神!

循声望去,在即将建成的张人亚纪念公园,几百人正手持菊花,对张人亚雕塑致垂首之哀思。

"论语曰:慎终追远,民德归厚矣。清明节到来,霞浦街道在这里举行'传承红色基因·铭记初心使命'祭扫张人亚墓活动,表达对先烈的敬仰,弘扬革命先驱不畏艰险、不怕牺牲的精神。"霞浦街道党工委书记胡斌,指着正在朗诵的四个小学生,由衷地表示:"今天,我们在此缅怀革命先驱;明天,我们一起弘扬民族精神。少年儿童是祖

国的未来,给学生的心灵种进革命理想的种子,让红色基因融入血脉,让爱国主义精神延续。"

清风摇曳,哀思绵绵。烟雨迷蒙的长山岗,仿若披上了一层薄薄的轻纱,给当天的祭扫活动平添了几许肃穆和清雅。迎着飘洒的细雨,在张人亚纪念公园,由家属代表、党员代表、村民代表及企业代表组成的党员队伍,正排队敬献花束。通往张人亚墓地的道路两旁,偶尔也可看到散落的石墩,它们伫立在那儿,仿佛一起经历了革命先驱在霞浦的童年时光:

绿水萦绕的霞南村里,传来了孩子们欢快的笑声,张人亚和几个小伙伴放学归来,一路走,一路摇头晃脑地抽背课文;临河而建的霞浦老街上,穿对襟褂子的货担郎,正肩挑货担摇鼓叫卖,张人亚跟父亲一起,走进白铁皮店里,拿起老工匠拾掇好的锄头、圆锹,扛在肩上,往田地里走去……童年跟父亲一起辛勤劳作,不仅锻炼了张人亚强健的体魄,更开阔了他的胸襟,父亲常常用古话教导说,莫道儒冠误,读书不负人。

"六年前,我来霞浦街道报到的第二天,就跟随着原来的盛书记一起去查看了张人亚的衣冠冢修复情况。当我听说革命先驱舍命保护首部党章的传奇故事时,我的眼眶湿润了。他是我们霞浦的骄傲,是我们共产党员学习的丰碑!"提起革命先驱张人亚,霞浦街道党工委副书记许海芳感触颇深。

时光回溯到2012年,在中共二大召开暨中共党章诞生九十周年之际,国内首部完整体现中共二大历史的专题片《1922:指路明灯》首播。在拍摄这部专题片的过程中,中共二大通过的第一部党章的神秘守护人——优秀共产党人张人亚的历史影像被首次发现和确认。而第一部党章被张人亚之父藏在衣冠冢中长达20余年的传奇经历,也随之解密。

"那时,我们已把张人亚的衣冠冢修葺一新,并在故居设立了陈列室。每年的清明节,我们在祭奠革命先驱时,常常站在长山岗上,眺望远方,思考如何搞好霞浦的基层组织建设,如何让党员树立正能量。"从许海芳那里得知,2017年的6月,霞浦街道党工委把挖掘张人亚红色文化资源,打造"张人亚红色文化品牌"作为"大脚板走一线,小分队破难题"攻坚项目。不到半年时间,考证事迹,宣讲精神,建设党章学堂,推广红色品牌……一系列有力举措,让张人亚这个红人渐渐浮出了水面。

张人亚纪念公园,人影攒动,敬献鲜花的人群缓缓走向张人亚雕塑。"张人亚是我们家族的骄傲,也是我们每一个共产党人的路标。"著名雕塑艺术家江碧波是张人亚的堂外甥女,当她听说要为张人亚制作雕塑时,二话没说,一口就应承了。她不顾年届八十的高龄,连夜赶制初稿,不收一分设计费用,"我们家族有先辈为党和人民的事业奉献终生,我也要学习这种精神,不计报酬为霞浦做些力所能及的事情。"

抬头望去,雕塑上的革命先驱,手持行李箱,衣衫被风吹开来,正匆匆地往前赶路。他忙于从霞浦出发,去上海参加进步社团学习,他的心里始终铭记父亲的教导:读书不负有心人;他忙于从上海出发,去芜湖开设金铺做掩护,为党筹集经费,拯救备受水灾困扰的老百姓;他忙于走水路赶轮渡,把首部党章等珍贵文献藏在行李箱的夹层里,一路逃避检查,悄悄地送回霞浦老家,告诉父亲:这是比生命还重要的东西……

"坚守张人亚红色传承,用信仰塑造精神家园。通过红色引领,把霞浦人的自信心、精气神提振起来,进而改变霞浦人的精神面貌。"提及张人亚与霞浦的渊源,胡斌表示,接下来的打造红色霞浦行动,小城镇整治等民生项目的落地,进一步让老百姓有成就感和获得感。坚定宗旨信仰,弘扬奋斗精神,我们相信,目睹霞浦这片红土地日新月异的变化,守望在长山岗的革命先驱,会欣慰地露出笑容。

"张人亚同志为我们留下了珍贵的红色文献,更为我们树立了崇高的精神丰碑。我们要以张人亚同志为榜样,高举习近平新时代中国特色社会主义思想伟大旗帜,弘扬'红船精神',焕发革命斗志,为实现新时代党的历史使命不懈奋斗!"

5月的江南,天空沉静,草木欣然。2018年5月15日一大清早,我们等候在北仑区行政中心大门口,今天是张人亚铜像揭幕的日子,天空似乎也受到肃穆氛围的感染,飘起了蒙蒙细雨。这支由北仑机关干部组成的党员代表队伍,清一色的白衬衣黑裤子,一眼望过去,都是似曾相识的面孔。大家神情严肃,似在怀想革命先烈浴血奋战的英勇事迹,在一片静谧中,鲜红的党徽如一面旗帜,在党员们的胸前显得格外耀眼。

8点刚过,我们的汽车沿着北仑泰山东路一路往东前行,行至霞浦街道,在一片绿荫萦绕的十字路口,一块醒目的红色标识牌映入眼帘,"追寻初心之源,扛起使命担当",这醍醐灌顶的话语,恰好提醒我们一行人重温初心的初衷。放眼望去,通往张人亚党章学堂的一路上,青砖碧瓦,一丛丛翠竹随清风舒展身躯,似在谱写一曲清雅的乐章。在曳曳竹影和淅淅雨声中,我们的汽车拐进了停车场,张人亚党章学堂,我们来了!

在现场工作人员的指引下,我跟随列队的队伍一起,站立在张人亚党章学堂前的人亚广场上,这时,飞舞的细雨好像也被人亚精神所感动,突然躲进了云层。细雨初歇,太阳开始露出了羞涩的面容,我回头打望周围的人群,有来自市区的党员干部,有张人亚的亲属代表,也有带着孩子、戴着党徽,自发前来缅怀革命先驱的党员群众。里三层外三层的人亚广场上,安静得连根针掉在地上似乎也听得见。

随着亲属代表、著名雕塑家江碧波教授的致辞,张人亚铜像揭幕仪式拉开帷幕。"人亚舅舅怀着一心为民、忠心为国的革命斗志,在革命低潮时期,不顾个人安危,为党保存了首部党章和《共产党宣言》等珍贵文献。公而忘私,坚定理想信仰,是张人亚毕生的追求,这份信仰,恰是共产党人的初心和使命,这种精神正是民族崛起的希望。"

她感人至深的话语让我深受触动。是啊,我们张人亚革命事迹联合调研小组,为了寻找革命先驱的初心,前往芜湖、上海、北京等地,一路挖掘他的革命事迹。一次次长途跋涉的寻访,我们为他革命理想高于天的情怀而深深感动:在上海,他不忘初心,为维护无产阶级的权益四处奔波;在芜湖,他淡泊名利,将中央金库打理得井井有条,为党的基层组织的组建尽心尽力;在瑞金,他克己奉公,坚持做马克思主义火种的传递手，直至献出宝贵的生命。

"我们要传承红色基因，坚定宗旨信仰，弘扬奋斗精神，追寻初心之源，扛起使命担当！"此时，同是北仑人的十九大代表胡朝霞，在现场向全体基层党员发出倡议，要在市委的坚强领导下，"六争攻坚、三年攀高"，奋力开辟"名城名都"建设新境界。不忘初心，方得始终，大家面向张人亚铜像深深地三鞠躬，缅怀这名在一个世纪前从这里走出去的革命先驱，一个世纪后，我们要做的就是擦亮张人亚党员教育的红色品牌，在学习对标的过程中"牢记使命"，做不忘"初心"的红色继承人。

张人亚1898年出生，2018年正好是他120周年诞辰，在当天的纪念活动现场，浙江省委副书记、宁波市委书记郑栅洁深情地表示："人的生命有长有短，但历史总是以人的贡献来作出公正评价。张人亚同志的一生虽然短暂，但在我们党的历史上留下了不平凡的印迹。""张人亚同志的革命事迹和崇高精神，是激励我们开拓创新、锐意进取的宝贵精神财富，永远值得我们学习和弘扬。"

时光荏苒，精神永恒。随着郑栅洁书记动情的话语，大家一起深情缅怀这位英年早逝的中共首部党章守护者——

"我们纪念张人亚同志，就是要学习他百折不挠、矢志不渝的坚定信念。"

张人亚同志在青少年时期就胸怀反帝反封建的革命志向。在上海当工人时，他主动接受进步思想的熏陶，认真学习马克思主义，树立了对马克思主义的信仰、对共产主义的信念。加入中国共产党后，不管反动势力多么残酷、革命形势多么危急、工作条件多么简陋、个人处境多么艰难,他都不消沉、不动摇、不屈服,始终保持坚定的理想信念和旺盛的革命斗志,用实际行动践行为共产主义事业奋斗终身的铮铮誓言。

我们学习张人亚同志,就要坚守共产党人的政治灵魂,筑牢共产党人的精神支柱,挺起共产党人的精神脊梁,自觉做共产主义远大理想和中国特色社会主义共同理想的坚定信仰者和忠实实践者。

"我们纪念张人亚同志,就是要学习他舍生忘死、一心为党的忠诚本色。"

张人亚同志对党一腔热血、忠心耿耿,终其一生都站在"党的正确路线之下与一切不正确思想做坚决斗争"。特别是"四·一二"反革命政变发生后,他首先考虑的不是隐蔽自保,而是秘密收藏的党的重要文献的安危。张人亚同志舍生忘死守护党章的感人事迹,充分体现了共产党人使命重于生命、丹心捍卫初心的大忠诚、大情怀。

我们学习张人亚同志,就要把忠诚融入血脉、化为行动,强化"四个意识",坚定"四个自信",做到"四个服从",坚决维护习近平总书记的核心地位,坚决维护党中央权威和集中统一领导,始终在政治立场、政治方向、政治原则、政治道路上同以习近平同志为核心的党中央保持高度一致,为党和人民的利益奋斗不息、奉献不止。

"我们纪念张人亚同志,就是要学习他不畏艰险、勇挑重任的担当精神。"

张人亚同志的一生都战斗在革命事业的第一线。无论是在血雨腥风中从事党的秘密工作、领导芜湖中心县委工作,还是在艰难困苦中主管党的出版发行事业,他都呕心沥血、鞠躬尽瘁,最终积劳成疾、因公殉职。正如中央在张人亚同志悼词中评价的,他工作"坚决努力、刻苦耐劳",是"最勇敢坚决的革命战士"。

我们学习张人亚同志,就要牢记中央和省委的殷切期望,牢记宁波人民的热切期盼,大兴真抓实干之风,力行攻坚克难之举,以时不我待、只争朝夕的精神投入"六争攻坚,三年攀高"行动,努力推动宁波走在高质量发展前列,当好新时代改革开放的排头兵、模范生,为全国全省大局做出新的更大贡献。

"我们纪念张人亚同志,就是要学习他严于律己、襟怀坦白的高尚品格。"

张人亚同志曾受命在芜湖开办一家金铺,秘密从事为党中央筹集活动经费的工作,经手的黄金达数千两之多。但无论是管着"党中央的金库",还是在其他领导岗位上,张人亚同志都克己奉公、安于清贫,过着极其简朴的生活,从未私用一分一厘的公款,从未辜负党组织的信任和重托。

我们学习张人亚同志,就要增强廉洁自律意识、敬法畏纪意识,不忘为政之本,不谋一己之私,守底线、拒腐蚀、永不沾,做一个堂堂正正、清清白白的共产党人。

"张人亚同志为我们留下了珍贵的红色文献,更为我们树立了崇高的精神丰碑。我们要以张人亚同志为榜样,高举习近平新时代中国特色社会主义思想伟大旗帜,弘扬'红船精神',焕发革命斗志,为实现新时代党的历史使命不懈奋斗!"郑栅洁书记的话掷地有声。

我抬起头来,深情凝望张人亚铜像,他目光坚定,志向远大,正带领千千万万共产党人为了伟大的共产主义事业而不懈奋斗。我不由得握紧了拳头,心中升腾起一种信仰的力量,一种行进的力量……

"党的十九大以来,'初心'命题作为习近平新时代中国特色社会主义思想的重要内容,时刻鼓舞着我们以奋进者的姿态砥砺前行。将'初心之旅'第一站放在张人亚党章学堂,就是要以张人亚同志的事迹激励广大党员干部在初心之源明初心,沿着'不忘初心、牢记使命、永远奋斗'的路径,练就坚强的党性。"

静下来,静下来
用晨曦里的钟声
敲开一段岁月深处的清泉

滚烫的思想之源
就从生命相守的虔诚中
汩汩而来
一滴滴汇聚,一滴滴喂养
在这个古老民族的血管里
高涨起一条奔涌不息的河流

这是宁波市委组织部部务会成员、两新工委副书记朱志坚,为纪念党章守护人张人亚(张静泉)创作的诗歌《初心晨启》。追寻初心之源,扛起使命担当,为了引导全市广大党员干部牢记历史使命,

2018年6月14日,由宁波市委组织部联合宁波广电集团推出的宁波市党员教育"初心之旅"大型融媒体行动,在北仑区张人亚党章学堂启动。

初心之旅,何为初心,它究竟要走向哪里,带来什么样的社会效果,为什么要选张人亚党章学堂作为首发站等,带着这些疑问,我在现场寻访了由党史专家、党代表、年轻党员和媒体记者等组成的"初心之旅"小分队成员。

"在十九大报告中,习近平总书记开宗明义,强调了共产党人的初心和使命——为中国人民谋幸福,为中华民族谋复兴。"

"在张人亚身上,我们看到了极其宝贵的革命精神,这一份创业维艰的坚持和对革命的坚定信仰,就是我们要寻找的初心。"

"守望初心,传承信仰,从一种内心的角度去重温时代的诉求,把当年的时代诉求和当代共产党的实践进行结合,一起去创造属于这一代共产党人的新时代精神。"

> 惊涛拍岸的一句誓言
> 扬起了胸膛里的帆
> 信仰的律动是不竭的动力
> 遮天的弹雨成了最好的洗礼
> 苦难和辉煌一起腾浪
> 忠诚和不屈共同领航

随着宁波首张党员教育红色地图——"初心图谱"公开发布,

我们看到,张人亚党章学堂等首批20个红色教育基地以实景手绘方式,在地图上予以直观展示。同时,图谱上还列出了各基地的"信息卡",包含基地地址、开放时间、联系人、预约电话等基本信息和特色简介,党员群众可以直接通过扫码方式实现课程项目订制、参观讲解预约和在线意见反馈,十分便捷。

"党的十九大以来,'初心'命题作为习近平新时代中国特色社会主义思想的重要内容,时刻鼓舞着我们以奋进者的姿态砥砺前行。将'初心之旅'第一站放在张人亚党章学堂,就是要以张人亚同志的事迹激励广大党员干部在初心之源明初心,沿着'不忘初心、牢记使命、永远奋斗'的路径,练就坚强的党性。"宁波市委常委、组织部部长钟关华由衷地表示。

红色的"初心图谱",记载着峥嵘岁月里,无数先烈浴血奋战的革命印迹,将宁波这块红色热土映照得格外夺目。就在2018年初,按照"学回信、悟初心、践使命"的要求,我市全面开展党员教育示范基地暨红色教育基地创建活动,深入发掘本地革命故事、改革开放成就、优秀传统文化等红色资源。目前,宁波已建成市级红色教育精品基地20个,区县(市)级红色基地45个,改扩建展馆126个3300平方米,各基地日均培训量达400人次,累计有12万余名党员走进这些红色基地接受教育。

"这次'初心之旅'活动,计划以赴各地采风的形式实地走访浙东红村教育基地、浙东三北抗日根据地旧址群等红色教育基地,并设计了打开'初心档案'、走上'初心讲坛'、聆听'初心往事'、回顾'初心誓言'等载体,引导广大党员群众同心同行。"朱志坚在现场表示。

在黑暗咆哮的山河里

墓是一个惊人的隐喻

它安排了向死求生的炼狱

让铁镣融成利器

让腐朽化作神奇

身躯在撕裂、也在羽化

而思想的头颅挺立起来

从一个到千千万万个

用一种粉身碎骨的方式

撞开天地间的苍茫

撞出了这个黎明的血色灿烂

"初心之旅"启动仪式后,党员们走进张人亚党章学堂追忆革命先驱,回忆革命历史。紧接着,党员们来到霞浦街道霞南村的张人亚故居,在革命先烈生活学习过的地方,重温他的革命精神。

"张人亚身上体现的首创精神,是中国共产党成立之初所有党员共同精神品质的缩影。正是因为有无数个像张人亚这样'敢为天下先'的党员,能够坚守理想信念,并在之后的峥嵘岁月中为之付出不懈的努力,中国共产党才能最终取得如此大的成就。"

"在革命低潮时期,张人亚临危受命、不负众望,他的身上闪耀着坚定理想、百折不挠的奋斗精神。尽管资本家百般阻挠,他仍坚持带领上海金银业工人罢工,最终取得阶段性胜利;在白色恐怖笼罩下,他仍坚持将党的珍贵文献交到父亲手中代为保管；顶住国民党当局的围剿、叛徒的出卖以及大水围城的天灾带来的重重压力，他出任芜湖中心县委书记，重建党组织；在瑞金极端艰苦的条件下坚持开展工作，短短半年组织出版20多本红色书籍……"

"张人亚信念坚定、不忘初心、淡泊名利、勇于担当的革命精神，与十九大报告提出的'不忘初心，牢记使命'不谋而合。敢为人先、百折不挠、心系群众、无私奉献……张人亚身上闪耀的精神，和以首创精神、奋斗精神、奉献精神为核心的'红船精神'如此一致。"

在张人亚党章学堂聆听张人亚的革命故事，党员们不禁为他立党为公、忠诚为民的奉献精神而深深感动；在张人亚故居，看到张人亚俭朴的生活环境，以及刻苦努力的学习环境，党员们哽咽了。大家纷纷表示，在新的时代背景下，张人亚的精神仍然散发着勃勃生机，给予新一代的党员丰富的营养；用生命践行一名共产党员的理想信念，这正是张人亚最值得我们学习的地方。

"后人就在骨的芬芳里／听到了高山流水的声音……"离开张人亚故居时，外面艳阳高照。跟随"初心之旅"小分队一路寻访，在砥砺前行的时代脉搏中，我听到了广大党员群众回望初心、同心同行的时代足音。

3
"与其受压迫而死,毋宁奋斗而死"

  在商务印书馆当学徒、店员期间,陈云利用这里图书特别丰富的有利条件,如饥似渴地看书,接受新知识,常常读到深夜,成年累月从不间断。陈云以一个高小毕业生的文化程度,后来成为知识广博、眼界开阔、有远大理想的共产党领导人,成为坚定的马克思主义者,同这几年的勤奋读书是分不开的。一九二一年七月,中国共产党在上海成立,随后成立了中国劳动组合书记部,党加强了对工人运动的领导,中国工人运动率先掀起革命高潮。陈云从小小的柜台出发,正一步步向前迈进,投身于革命的滚滚洪流。

——选摘自《陈云传》

"与其受压迫而死,毋宁奋斗而死"

"咬牙挺住,我们一定要坚持下去!"作为罢工领导者的张人亚,被银楼开除了,但他毫不在乎,拿出自己仅有的一点积蓄分给穷苦人家……

张人亚在上海走上革命道路,1922年,在这里加入中国共产党,发起工人运动,逐步成为党组织早期的负责人之一。因此,我们张人亚革命事迹联合调研小组寻访的第三站,选在了上海。对于张人亚是如何从一个工人,成长为工会领导者,继而领导金银业大罢工的,我们试图从一路寻访中,来解开这个疑团。

上海黄浦区自忠路,是一条有百年历史的老弄堂,这里曾是老宝盛(恒记)银楼的所在地。1914年,年仅16岁的张人亚经亲友介绍,来到上海老宝盛(恒记),正是在这里开始了他的学徒生涯。之后,随着中国共产党在上海诞生,他开始了以社会职业为掩护的革命生涯。阳春三月,我们一行人走进这里,弄堂里弥漫起来的晨雾,被阳光照射出一团一团黄晕来,历尽了经年风霜的淡淡石墙,沉淀了岁月的痕迹,遮天蔽日的悬铃木,迎风舒展挺拔的身姿,似一段年代久远的陈年往事,飘散在春风里。

"张人亚在一封家信中曾提道:在给家里写头几封信时,我还是要查字典的。一般地说,家书总是最真诚的,因为与父母家人说话,用不着伪饰、作假。但这一事实,却让我们发现了张人亚从离家出外谋生,到后来成为芜湖中心县委书记、苏区出版事业负责人,这两者之间的反差实在太强烈了,他的进步真是太快了。从中我们不难看出,张人亚的确是个不断学习、不断进步的有识青年。"在上海市委党史研究室研究一处处长吴海勇看来,张人亚最初的成长,跟进夜校学习的经历有密切的联系。

信步在革命先驱曾经踏足的弄堂里,青湿的墙园,悠长的巷陌,在岁月的长河里,依旧守护着经久不变的情怀。推开那一扇虚掩的韶光之门,那些被封存的时光旧影,如春风般拂面而来。

五四运动期间,全国形成了一个以宣传马列主义为主流的,包括各种社会主义思潮的思想运动,各地宣传社会主义思想的刊物和社团很快发展起来。为了提高工人的觉悟,上海以夜校为主的进步社团,也如雨后春笋般涌现出来。

巷道里,传来张人亚急匆匆的脚步声,又到了夜校上课的时间,他卸下银楼工装,就赶往了授课地点。走着走着,他不由自主地背诵起了其中的篇章:马克思主义是无产阶级的科学世界观和方法论,是关于资本主义发展和转变为社会主义以及社会主义和共产主义发展的普遍规律的学说……一路往前,《马克思主义研究》等新思想,如一束明光,指引他前行的路,他觉得前行的道路越来越宽了。

阁楼上,张人亚一边查阅字典,一边埋头做笔记。《劳动运动史》已经看到第13章了,劳动阶级、产业革命这些名词,深深地印入了他的脑海。白天听其他银楼的工人说起,银楼资本家要求他们每天工作长达17小时,学徒期限6年,也就是说,要为资本家义务劳动6年

"与其受压迫而死，毋宁奋斗而死"

之久。他要写信告诉家乡的亲人，反帝反封建已迫在眉睫，他得站出来为大家讨回公道。

在弄堂里踱步，三月葳蕤的绿意，在透明的雾中渐渐浮现，仿佛，时空在瞬间发生转换，革命先驱如饥似渴学习的身影扑入眼帘：他的口袋里随身带着一份资料，一有空闲，就拿出来细读。有时，他会在上面画一些符号，每次夜深人静之时，他又会忍不住拿出来重温一遍。有时，他在托腮思考，他觉得是时候该为劳苦大众做点什么了。

"在上海这个冒险家的乐园，张人亚目睹了中外反动势力怎样欺压中国人民，镇压中国人民的反抗斗争；从进步书刊和身边的革命志士的言行中，接触到一些先进的革命思想，萌生了一些革命要求，这就是长达28天的金银业大罢工。"当我们走进上海市委党史研究室，吴海勇拿出《中国共产党上海史》一书，指着《金银业工人罢工》的史料说道。

"与其受压迫而死，毋宁奋斗而死！"书中醒目的一行话，让我们看到了身为金银业俱乐部主任的张人亚的一片初心。

1922年，张人亚先后被中国社会主义青年团和中共组织吸收为成员。那时，上海有大小银楼34家，金银业工人受雇主盘剥，生活困苦，待遇极差。为改变工人的弱势地位，上海金银业工人俱乐部成立后，张人亚等人发动全市金银业工人举行了罢工。

"租界巡捕房插手镇压罢工运动，打伤六七人，放狼狗咬伤三四人，拘捕工人25人……坚持了28天的罢工，给予中外反动势力以强烈的震撼，让工人们看到了团结和斗争的力量。"中外反动势力的残酷镇压，给罢工带来重重困难，而张人亚为劳工疾呼的身影仿若历

历在目:

"大家不要惧怕资本家压迫,俱乐部是保存我们无产阶级的生命的机关!"夜已深,他还在走街串巷,挨家挨户做着动员。

"增加薪资,废除包工制,改良待遇……"银楼公所大门外,张人亚带领众工友在发表罢工宣言,他的周围,虎视眈眈的狼狗在盘旋,全副武装的巡捕随时准备冲上来抓人,可他毫不退缩。

"咬牙挺住,我们一定要坚持下去!"作为罢工领导者的张人亚,被银楼开除了,但他毫不在乎,拿出自己仅有的一点积蓄分给穷苦人家……

缓缓合上手中的书籍,张人亚不顾个人安危,心系群众,为群众的疾苦而奔走的身影,在我们脑海中久久萦绕。夕阳西下,我们走出上海市委党史研究室,不远处,火红的杜鹃花像一团团燃烧的火焰,正恣意绽放。这一个隐喻,像是在把我们一路寻访的初心唤醒。为了革命的胜利,多少如张人亚一样勇敢坚决的革命战士,播下了革命的火种,才种出我们今天的幸福。枝头怒放的杜鹃花,那是一种轰轰烈烈的美的象征。

"党章是一面旗帜,是检验共产党人的标杆。张人亚保藏的首部党章有重要的历史贡献,明确了党的组织原则、确定了党的性质、提出了党遵循的深入群众原则……"

革命先驱张人亚冒着生命危险,为我党珍藏早期珍贵文献达36种之多。2018年适逢《共产党宣言》问世170周年,在上海寻访的第二天,我们首先走进中共一大会址纪念馆,寻找共产党人的初心,找寻昨日燎原的星火。

上海市兴业路76号的中共一大会址,这座小巧优雅的老上海石库门民居,承载着一段厚重的红色记忆。这里是中国共产党人寻梦开始的地方:1921年7月,来自全国各地的13名党员代表会聚在这里,举行了中国共产党第一次全国代表大会。

春意盎然的季节,我们走进这里。灿烂的天空下,温煦的阳光透过大而薄的梧桐叶,映照在青砖铺就的墙面上,好似给纪念馆镶上了一层金边,让人恍惚间回到了那段艰苦卓绝的峥嵘岁月。

"我馆保存着张人亚秘藏的珍贵文物30多件,其中《共产党宣言》《列宁传》等10多件为国家一级文物。"随着参观人群络绎不绝地步入展厅,中共一大会址纪念馆藏品保管部主任陈晓明指着正在展出的馆藏文物介绍,"在当时,这批文献对于最早期马克思主义思想的启蒙和传播发挥了重要的作用。"

顺着手指的方向,一本印有蓝色马克思微侧半身肖像的《共产党宣言》呈现在眼前,微微泛黄的书页上,依稀可见革命先驱翻阅留下的痕迹,"共产党宣言里有共产党人的初心,张人亚怀着坚定的马克思主义信仰,冒险保藏党的文件,就是为了把马克思主义思想传播开来,发扬光大。"

走近细看,书的封面上,"张静泉'人亚'同志秘藏山穴二十余年的书报"的印章格外醒目,这枚红色的长方形的图章犹如一道红色的指引,带我们穿透历史的迷雾,感受灼灼的真理之光。

"他们没有任何同整个无产阶级利益不同的利益。"1920年8月,由陈望道翻译的《共产党宣言》首部中文全译本出版,9月再版,马克思主义思想如同一道闪电,划过暗夜的长空,开始在中华大地传播开来。

"共产党人始终代表整个运动的利益。"夜深了,就着昏黄的煤油灯光,20岁出头的张人亚,正手捧9月版的《共产党宣言》,埋头咀嚼其上的文字。猛然间,他的目光被几行字吸引住了,"无产者在这个革命中失去的只是锁链。他们获得的将是整个世界""全世界无产者,联合起来"。

这些文字犹如一束火炬,让他的心中亮堂起来,这可是工友们苦苦寻找的指路明灯啊!在国家民族危急、人民苦难深重的年代,唯有无产者联合起来,推翻反动阶级的统治和压迫,广大劳苦大众才有可能得到解放。

他赶紧回过头来再仔细研读《共产党宣言》,每读一遍,心里都有新的发现,"只有共产党才能救中国!"他在房间里来回踱步,觉得有一团火焰正在胸中熊熊燃烧,他差点忍不住振臂高呼,唤醒沉睡的工友们。他意识到,只有加入中国共产党,才能使工人阶级当家做主,这样民众才能觉醒,民族才有希望。

这么想着,他觉得房间顿时明亮了许多,一根小小的灯芯,正以星星之火燃烧起燎原之势……

"没有共产党就没有新中国!"抬起头来,望着陈列展板上毛泽东、董必武、李达等一大参加者的勃勃英姿,我们仿佛跨越时空,与革命先驱的灵魂开始相遇了。为了国家的命运和人民的幸福,无数共产党人前仆后继、无私奉献的初心,诉说着一个时代的心声。

春日里,温暖的阳光穿梭于微隙的气息。在阳光明媚的午后,满怀对革命先驱的感佩之情,我们走进了位于上海市静安区老成都北路7弄30号的中共二大会址纪念馆。一排古朴而静谧的石库门建筑,曾是中国共产党第二次全国代表大会召开之地,张人亚当年守护的正是二大制定的第一部党章。

1922年7月16日,12名共产党员,代表全国195名党员再次相聚上海,召开中国共产党第二次全国代表大会。

"党章是一面旗帜,是检验共产党人的标杆。张人亚保藏的首部党章有重要的历史贡献,明确了党的组织原则、确定了党的性质、提出了党遵循的深入群众原则……"在中共二大会址纪念馆研究室负责人倪娜看来,早期二大代表身上生生不息、坚韧不拔的革命精神,值得当代青年人学习。

在她的指引下,我们在党章陈列馆里,见到了张人亚青春勃发的脸庞。"我们滚动播出专题制作的'张人亚秘藏中共二大党章'纪录片,见人见物见精神。讲解员与影像同步将张人亚收藏党章的感人故事讲给观众听,党章价值观更加深入人心。"

专题片里,张人亚目光坚毅,一往无前。有时,他忙于参与《平民日报》的出版宣传工作,传扬马克思主义信仰的力量;有时,他忙于内交科事务,把文件藏在书本里、棉被里、热水瓶里。苏区送来的黄金,存放在扁担竹筒里、鱼肚子里,经他加工转换后再送往各处;他还准备悄悄地将首部党章等珍贵文献,藏在包裹里,再悄悄地送回霞浦老家珍藏。36种珍贵文献有着沉甸甸的分量……

我们的身后,是由70余种不同年代、不同版本的党章组成的党章墙,这一整面火红的党章陈列墙,犹如一道红色指引,带领我们领悟党建设发展的苦难辉煌历程。中共一大召开时，全国有50多名党员，中共二大召开，全国党员人数达195人。这一年间，党的组织有所扩大，特别是在吸收党员、开展工人群众工作方面积累了经验，在学习研究和传播建党理论方面也有新的提高。在这个背景下，制定党的章程，已是党组织进一步发展的需要。中共二大担负起创建首部党章的历史重任。

时代的洪流奔涌向前，鲜红的党章昭示未来。中共早期党员张人亚保藏的首部党章，标志着中国共产党在政治、理论和组织上的完备建成；从党的三大开始，除了党的五大，历次党的全国代表大会都对党章作出不同程度的修改。随着党的十九大的召开，一代代中国共产党人带领人民继续奋斗，推动承载着中华民族伟大复兴梦想的航船驶入新时代。大家伫立在红色的党章墙前，静默良久，这些党章指引着中国共产党由幼小走向成熟，反映了党的革命、建设、改革的发展轨迹，体现了一代又一代共产党人的理论与实践探索。

"党章是党的根本大法，是全党必须遵循的总规矩。"眼前这一本本红色党章读本，就像一股股红色电流传导到我的身上。"其作始也简，其将毕也必巨。"一次次寻访革命先驱的旅程，是一次次重温初心的精神洗礼，作为共产党人，无论走得多远，都不能忘记来时的路，不能忘记为什么出发。

"本报代表上海最革命民众的言论，为民众利益而战斗！一切革命的人民不可不看指导革命运动的——《平民日报》，革命的策略,革命的发展,斗争的方法,均可在本报上看到!"迎着黎明的曙光,作为《平民日报》的发行人,张人亚高举报纸,向周围的民众疾呼。

1927年初,为配合北伐军光复上海,张人亚奉命参与筹办一份上海总工会机关报《平民日报》,兼任发行所负责人。作为当时上海唯一的一份革命报纸,《平民日报》发挥着制造舆论、唤醒民众的重大启蒙作用。在严峻的革命形势下,张人亚是如何带领同仁与国民党控制的报刊展开针锋相对的斗争的?在上海寻访的第三天,我们走进了上海市总工会,想从寻访中进一步寻找答案。

三月的天气,草长莺飞,春意阑珊。步入悠长的弄堂,在梧桐掩映的阁楼上,陈列着上海市总工会的发展历程,"上海是中国工人阶级的摇篮,也是中国工人运动的发祥地。在1925年'五卅'反帝爱国运动的高潮中,上海总工会宣告成立"。"在中国共产党的领导下,上海总工会组织工人群众为推翻帝国主义、封建主义、官僚资本主义的反动统治,取得新民主主义革命的胜利和社会主义基本制度的建立进行了艰苦顽强的斗争,发挥了独特的作用。"

"张人亚为《平民日报》的发行工作殚精竭虑。为了迅速扩大《平民日报》在工人群众中的影响,他和发行所的同仁想方设法把它与《快报》《上总通讯》等报刊合在一起宣传,为上海工人大罢工、响应北伐军、建立市民政府做必要的舆论准备。"上海市总工会总研究室主任崔校军翻开《平民日报》,一股油墨的清香扑面而来,微微泛黄的纸张上记载着一段久远的历史,承载着厚重的红色记忆。

时光回溯到1927年初,北伐军兵临上海,军阀孙传芳称雄东南,欲夺取中央政权,勾结帝国主义负隅顽抗,上海工人筹备发动三次武装起义。为造成舆论影响,2月27日由中共上海区委创办,以上海总工会机关报名义出版的《平民日报》创刊。高语罕、郑超麟、糜文浩等负责编辑,张人亚为发行人。

"为我平民争人权,为我平民发挥苦痛的呼声并集中革命的意志。"

"解除军阀武装,响应北伐战争,建立革命市政府。"

"民众团结起来,彻底与反动势力及帝国主义作战。"

《平民日报》的出现,宛若在一个封闭的黑屋子里开了一个窗口,霎时,新鲜的空气从窗外透了进来。工人运动、北伐形势和国际无产阶级声援中国革命运动的消息,犹如声声战鼓激励人心;帝国主义军阀国民党右派残害中国人民、破坏革命的罪行,让民众们擦亮了双眼;各团体各界民众拥护上海特别市临时市政府的通电,临时市政府的文告等,犹如一场及时雨润泽人心;而版面两侧旗帜鲜明、鼓动性很强的标语口号和漫画,给革命民众的奋勇前行注入了一针强心剂。

"《平民日报》虽然只有两个月生命,但却成为当时工人群众的代言人,发出了进步最强音。张人亚被派任《平民日报》发行人,既是组织给以特别的重任,也因他原来从事书报分配科工作,可以与此快速对接。"崔校军指着报纸上醒目的标题介绍道。

顺着手指的方向,我们看到,在现存的一张1927年4月10日出版的《平民日报》上,"汉口日兵机枪扫射华人""英兵越界搜捕大夏大学""华人抗租反对租界当局"等要闻,记录着当年的动荡时局;版面左侧,"拥护上海市民代表政府"的口号,则传达着普通民众的心声。

在当时日趋严峻的革命形势下,上海区委非常重视《平民日报》的宣传印发工作。1927年3月13日,上海区委宣传部发函指出:"我们自己既有《平民日报》及通讯社等宣传机关,所有各方负责同志随时注意供给消息是非常重要的一件事。"要求"每一个政治行动中,我们的同学必须很快地根据我们的观点做新闻",并规定及时报送新闻稿件、政治动态、宣传材料等办法。3月30日再发通知:"关于当地政治及民众运动的消息,务须随时迅速地做报告,以便供给区委所办之《平民日报》及国民通讯社的材料。"

伴着拂面的春风,我们一行人走进了位于静安区会文路201弄的上海总工会旧址"湖州会馆",这里是当年《平民日报》创刊的地方。

放眼望去,曲径通幽的典型江南老式宅院,曾是上海工人阶级革命的重要"根据地",随着著名的上海工人第三次武装起义的举行,湖州会馆成了当时上海工人阶级的革命指挥机关,大门上横悬的红布白字"上海总工会"巨幅标志,昭示着团结就是力量。伸手触摸透着历史痕迹的石库门,时光流转,一段斑驳沧桑的革命岁月浮现在眼前。

"立足于市民运动的态度上,特别注意在商民及一般居民中传播,取材于工人群众中宣传。"深夜里,跳跃闪烁的煤油灯,映照着张人亚消瘦的脸庞,他抬头望了望窗外漆黑的夜空,喃喃自语道。

沉思了一会儿,他回过头来,像想起了什么,把弟弟张静茂从被窝里拉起来:"明天开始,你也来参加《平民日报》的发行工作吧,商店会计工作就不要做了!"

"你可能还不知道,自报纸出版以来,我们即鼓动工人及其他被压迫人民武装暴动,现在上海工人竟已武装暴动起来,而且胜利了。

北伐军也已占领上海,革命市政府亦已建立。我们今后要更加努力,这个时候迫切需要更多的力量!"张人亚望着弟弟,目光如炬,张静茂毫不犹豫地点了点头。

东方泛白,晨曦初现,张人亚兄弟俩急急忙忙地赶往报馆。静安1500份、闸北2000份……"本报代表上海最革命民众的言论,为民众利益而战斗!一切革命的人民不可不看指导革命运动的——《平民日报》,革命的策略,革命的发展,斗争的方法,均可在本报上看到!"迎着黎明的曙光,作为《平民日报》的发行人,张人亚高举报纸,向周围的民众疾呼。

殊不知,《平民日报》的快速发行势头,引起了公共租界当局和反革命派的忌惮。4月初,租界当局以该报"言辞激烈、扰乱租界治安"为由,通令所属各捕房查禁该报在租界出售;4月6日虹口捕房逮捕报贩程新甫等3人,将他们所买《平民日报》一律没收;"四·一二"反革命政变后,留守在《平民日报》的张静茂,被捕押解至龙华司令部;随后,《平民日报》被迫停刊……

"号角当年救平民,杜鹃啼血为春芳。"行走在沾着岁月斑驳气息的弄堂里,我的耳畔依稀传来小贩的叫卖声。挑着货郎担的小贩,摇着拨浪鼓,"不棱登——不棱登"地一路摇晃;"卖报,卖报,《平民日报》,北伐军已占领上海,革命市政府已建立……"报童响亮的叫卖声,传递着烽火年代,仁人志士涌动的滚烫爱国心。我站在阳光里,回望青石铺就的弄堂,张人亚在时光隧道中匆匆前行,踏着革命先驱的足迹,我一路小跑跟了上去。

"与其受压迫而死,毋宁奋斗而死"

走了一小段路,张人亚拐进一个胡同,就要到家门口时,他猛然从地上的影子中发现,自己身后一直有个"尾巴"跟着。"是自己暴露了吗?还是同志们出状况了?"他想了想,装作问路的样子,朝对面的宪兵连走去,身后的"尾巴"没回过神来,还以为张人亚是自己人,就放心地走开了……

沧海横流,方显英雄本色。

"朱老板,你这里有适合老人阅读的连环画吗?就是那种文字和画幅都大一点的。"张人亚蹲在小人书摊位前,随手翻开了一本小人书,饶有趣味地看着,一边发问。

"这位看官,家里有老人喜欢看书啊!我这里不仅有'老人连环画',还有'育儿连环画''烹饪连环画'呢!看看,《岳飞传》《木兰从军》这些连环画,就很适合拿给老年人看的。"说着,朱老板从随身携带的挎包中,掏出了一本书递给张人亚。

"这太好了,我家老人天天念叨要看连环画。明后天看完,我再过来!"张人亚接过书,悄悄地瞥了一眼夹在书中的文件,顺手放进了手提箱里,站起身朝家的方向走去。

没走几步,他忽然发现前面路口闹哄哄的,原来这里设有"抄把子"的关卡,几位便衣正在搜查过往行人的衣物。他刚要转身,发觉对面路口也站立着一群"抄把子"的特务,他们的目光像嗅觉灵敏的警犬一样,向路上的行人扫射过来。

在这进退两难之时,张人亚的眉头紧锁,他思忖着应对办法。突然,他灵机一动,打开手提箱,装作拿钱的样子,把刚买的连环画拿在手上,若无其事地走了过去。

"箱子里有什么,拿过来检查!"一个特务在一旁大声叫唤。

张人亚把手提箱递过去,从容地将手中的书举过头顶,伸开两臂让特务搜身。只听得窸窸窣窣的一阵摩挲声,"把箱子拿走。下一个过来!"一无所获的特务,示意张人亚离开。

"听说共党流窜作案,近来局里的几份机密文件都不翼而飞了。""大中午的,老让我们加班,看看我抓到共党,不给他点颜色瞧瞧!"张人亚听到特务们在叽里咕噜地发牢骚。

此时艳阳高照,张人亚一手拎着皮箱,一手拿着连环画,大踏步向前走去。他抬头看了看天,用手抹了一把额头的汗水,才发觉自己身上汗涔涔的。

走了一小段路,张人亚拐进一个胡同,就要到家门口时,他猛然从地上的影子中发现,自己身后一直有个"尾巴"跟着。"是自己暴露了吗?还是同志们出状况了?"他想了想,装作问路的样子,朝对面的宪兵连走去,身后的"尾巴"没回过神来,还以为张人亚是自己人,就放心地走开了……

"我刚才走神了是吧,不瞒大家说,我在恍惚中,看到张人亚正忙着甩掉跟踪的'尾巴'。大家说说,做内交主任的张人亚,在白区艰苦、险恶的社会政治环境里,是如何克服困难完成党的各种任务的?他又是如何与敌人斗智斗勇的呢?"在上海寻访的第四天,我们一行人走进上海市图书馆,查阅有关张人亚的历史资料时,我兀自走神了。

"我担任中央秘书工作是在 1928 年底或 1929 年初。内交设内交主任,我到秘书处工作时,是张人亚同志担任内交主任。"猛地一激灵,我从张人亚的一堆资料中回过神来,同行的北仑区委党史办副主任贺海波,递过来曾任党中央秘书长的黄玠然所著的《大革命时期白区的党内交通》一书,我的目光被紧紧地吸引了过去。

原来,在大革命失败后,我党转入了地下斗争,党内的联系主要依靠地下交通。从事地下交通工作的同志们,是一支在无形战线上同敌人进行英勇搏斗的无名英雄队伍,为保持党的"血脉"畅通,他们在国民党军警、特务的严密监视下,时刻冒着被抓捕和杀头的危险为党传递情报,接通上下级之间的联系,许多人为此献出了宝贵生命。

我们党内的交通工作,早在第一次国共合作时期就已经建立。1925年,在党中央秘书处领导下,党内配备专职交通员,大革命失败后,党的"八七"会议决定要逐步建立全国性的秘密交通网。1927年10月,党中央各机关由武汉迁回上海以后,中央秘书处内设立了内埠交通科和外埠交通科。1928年4月,张人亚从江苏省委被调至中央机关从事秘密交通工作,任内交主任。

"内交科主要是传递上海市内党的各个机关互相来往的文件,接待各地来中央的干部,安排会议地址,通知开会和传达中央的各项指示,负责发送秘密宣传品,组织群众大会及示威游行等。"

"送文件看来是平平常常的工作,但很艰苦,技术性高、责任性大。他们有的把文件藏在书本里、棉被里、热水瓶里,有的把微型照片放在钢笔里,还有的放在点心和布匹里。苏区送来的经费,有钱票,也有黄金和金银首饰,怎样送?就想办法放在扁担的竹筒里,有的买两条鱼放在鱼肚里。"黄玠然在书中回忆说。

窗外缕缕阳光透过窗户照射进来,温柔地轻抚架上的每一本书籍。翻阅饱经沧桑洗礼的革命文献,厚重的历史气息扑面而来,仿佛自己就置身于那些烽火连天的战斗场景之中。

天色渐渐暗下来,张人亚打开了取到的信封,他看到上面邮票倒贴,就用黄血盐溶水,涂在信纸上显字:"因车票难买,我1月10日不能赶来。"看到这一行话,他明白这是例常的正话反说,意思是1月10日会有同志过来,内交科要做好接待护送的准备。

他在房间里踱步,思考内交接待人员的装扮。"秘密工作人员的化装,用不着戏剧的化装手法,但求实实在在地化装成自己熟悉的某种职业身份的人。""不论化装或保留原装,服装、仪容要保持整洁,皮鞋要擦好,头发要梳理好,避免蓄长发、头发蓬乱,衣装邋遢,皮鞋不擦。""有些地下工作的同志不注意这方面的细节,往往容易被特务辨认出来。"

这样想着,他打开工作簿开始记录:交通员同志带书面指示出门时,要将它们用极小的字写在最薄的纸上,然后包卷好,用蜡封实,视东西大小藏于自来水笔笔管、伞把、牙膏筒、皮箱缝内或缝在棉、夹衣的边角内。在一番沉思之后,他把所有秘密交通关系的名单、地址、通信联络方法、暗语口号,用极小的字写在一本用极薄的纸装订的小本上,同一盒火柴一起,放在随手可取到的地方。

就在这时,门外突然传来一阵急促的敲门声,他意识到情况有变,有特务来搜查了,赶紧划根火柴,将写有秘密交通关系的名单化为灰烬……

"火柴,火柴……"我惊叫着从旧时岁月中收回视线,三月的阳光温情地倾泻,我的眼前有一束束的火焰在燃烧。满载着对革命先驱深深的崇敬之情,我们走出了上海市图书馆。"生命如同一根火柴,只有磨砺才会跳跃出灿烂的火花。"伫立在春光明媚的三月里,回望馆门前蹲坐的思索者雕塑,他就像一位沉稳缜思的智者,带领我们在岁月沉淀中沉思,在丰富的灵魂中领悟真理。

"上海工人运动史料委员会成立后,在《解放日报》上刊登启事,征集各种有关工人运动史的书面资料,以及各种印章等实物。我曾经接待过来访者,印象最深的是 1922 年上海金银业工人俱乐部主任张人亚的弟弟,他送来一本中共二大的决议文件的小册子,这是很宝贵的一件文物。"

上海是一座红色之城,这里是中国共产党的诞生地、中国工人运动的发源地之一。张人亚因发动上海金银业工人大罢工,后来被银楼开除,组织上安排他到商务印书馆的同孚工人合作社工作。这个合作社是一个什么样的组织?张人亚又是如何在这里过组织生活的?同时,我们一路寻访一路就在琢磨,张人亚冒生命危险保藏的这些文物,是以什么样的形式上交给组织的呢!在上海寻访的第五天,我们走进了上海市社科院历史研究所,了解那段远去的历史。

风和日丽之时,我们步入上海市社科院的大门,迎面就是两株枝叶苍翠的广玉兰树,亭亭玉立地伫立在深蓝的天际下,似下凡的广寒仙子。树龄当有 80 多岁的它们,正如这个新中国最早建立的社会科学院,置身繁华却执着一份宁静恬淡。"张人亚因领导金银业工人罢工而失业,但他不屈不挠,更加坚定革命的道路,1922年11月,他正式加入中国共产党。"上海市社科院历史研究所现代史室主任马军,指着《上海商务印书馆职工运动史》一书,对我们说道。

"失业后,他参加商务印书馆职员董亦湘、糜允等组织的同孚合作社。该合作社1922年11月1日刚刚成立,设立在商务印书馆印刷所的对门,是为了响应上海复旦大学提倡合作主义的倡议而成立的,其目的是减少商人对工人的中间剥削,帮工人们买到价廉的生活用品。该社社员一百余人,大多数是商务印书馆的编辑和工人,内设储金部和消费部,主要以销售大米为主,每月可销售二百余石,其次还销售日用必需品。"

原来,同孚合作社,是商务印书馆内先进分子紧随时代潮流而成立的一个合作社组织。1920年初,商务印书馆为适应新文化思潮冲击,任用沈雁冰、杨贤江等一批青年才俊,为马克思主义的广泛传播和一代具有共产主义觉悟的先进分子成长做出重要贡献。张人亚在同孚合作社工作,使他与商务印书馆内党员紧密联系,曾被编入同一个党组过组织生活,接触党内不同层级、不同类型的优秀共产党人,对他自身的思想形成及个人成长有很大帮助。

"关于张人亚,我记得一些他弟弟代为捐赠文物时候的事情。"原上海社科院历史所工运史研究室主任郑庆声老先生接话道。郑老曾在20世纪50年代参与上海工人运动史料委员会工作,"上海工人运动史料委员会成立后,在《解放日报》上刊登启事,征集各种有关工人运动史的书面资料,以及各种印章等实物。我曾经接待过来访者,印象最深的是1922年上海金银业工人俱乐部主任张人亚的弟弟,他送来一本中共二大的决议文件的小册子,这是很宝贵的一件文物。"

"据来者告诉我,张人亚后来离开上海参加革命,一直没有音讯,希望我们帮助寻找。因为年代久远,又缺少线索,我们一时亦难以寻找。前几年,我已退休多年,忽有一位老者找到我,原来他是张人亚的侄子。据告,他在根据地出版的《红色中华》报上看到了张人亚在福建长汀工作时牺牲的消息。1960年底,原上海工运史料委员会的大量工运史料均被带到历史所,唯独实物留给上海革命历史纪念馆筹备处(现为中共一大会址纪念馆)。文物得以保存,张人亚的下落也已查明,这使我很感宽慰。"郑老的话透着安慰。

"如果隔空对话,我想要感谢张人亚。他在大革命低潮时期,把党的珍贵文献送回乡下老家,信仰忠诚,行动忠诚,他坚定跟党走,并且身体力行,这就是我们共产党人的初心。""他跟千千万万壮烈牺牲的烈士一样,忠于党,一心为民、忠心爱国,没有他们的牺牲,就没有我们的今天。希望大家永远记得张人亚!"走出上海市社科院的大门,郑老的话还一直在我耳畔回响。

披着柔媚的春光,我们一行人沿着革命先驱走过的足迹,继续寻访之旅。

第一站,我们走进了上海愚园路上的中共上海地下组织斗争史陈列馆,这里是当时上海工人运动和地下党的杰出领导人刘长胜的故居,也是中共中央上海局的秘密机关之一。走在马路上,这座被林立的高楼包围的砖木结构的洋房,显得别具一格,分外突出。

"前赴后继、不屈不挠的斗争""争取和平民主、反对内战""里应外合解放上海"……当我们步入馆内,一组组油画、雕塑、遗物、实物情景模拟,将大家带入到了中共上海地下组织发展、斗争的场景中。底楼关于20世纪30至40年代上海地下党秘密联络点的场景介绍,更是展现了上海地下工作者可歌可泣的智慧和勇气。"这个卖米的推车如果是放倒的,就是安全的;如果它立起来了,就表明丰记米号这里有情况,不能接头。"当我们寻访到这里时,我想到了张人亚在芜湖开办金铺子的场景,他的金铺子前也当是有这样的接头暗号吧!

"将来的世界一定是工人们的世界。""中国的工人们呀,我们赶紧联合成劳动组合呀!"我们走进位于成都北路新闸路口的"中国劳动组合书记部旧址陈列馆",其右侧屹立着一座"工友们"的石像雕塑,与建筑合为一体,仿佛告诉人们中国劳动组合书记部在中国工人运动史上的重要地位。

陈列馆内,浮雕、蜡像、场景、多媒体演示,艺术地再现了中国劳动组合书记部在中国共产党领导下,举办工人夜校,向工人宣传马列主义,帮助工人组织工会、领导罢工斗争,掀起第一次工人运动高潮的场景。"组建产业工会是劳动组合书记部的另一项重要工作。书记部领导和帮助建立了上海金银业工人俱乐部等。"作为上海金银业工人俱乐部主任的张人亚,正是在劳动组合书记部的领导下,开始了长达28天的上海金银业罢工运动。这里,留下了革命先驱浴血奋战的足迹。

我们的第三站走进了天通庵路190号,这里是商务印书馆第五印刷所旧址所在地。1932年,位于宝山路的总厂和一街之隔的东方图书馆被日军炮火炸毁,仅第五印刷所在轰炸中得以幸存。商务印书馆作为中国出版业巨擘,坚持以"昌明教育,开启民智"为己任,竭力继承中华文化,积极传播海外新知,历经劫难,不断重生,创造了中国文化出版事业的辉煌。

说起与商务印书馆的渊源,开国元勋陈云的感触颇深。据《陈云传》记载,15岁时,陈云离开家乡到上海商务印书馆当学徒,其中一段时间就在第五印刷所当排字工。陈云对商务印书馆有着很深的感情。在其建立85周年时,他有这样一段题词:"商务印书馆是我在那里当过学徒、店员,也进行过阶级斗争的地方。应该说商务印书馆在解放前是中国的一个很重要的文化教育事业单位。"

透过厚重的历史履痕,我们依稀能够看到革命先驱在这里埋头苦读,带领工友们追求进步思想的场景。"历史车轮滚滚向前,时代潮流浩浩荡荡。历史只会眷顾坚定者、奋进者、搏击者,而不会等待犹豫者、懈怠者、畏难者。"当年,共产党人脱下身上的长袍和西装,走向上海北部的纺织厂、走向黄浦江码头,唤醒广大劳动人民,激发出他们身上改变中国的力量。而一路寻访的我们,也在一次次重温初心的精神洗礼中,凝聚起信仰的力量、奋进的力量……

4 "做一个中国无产阶级革命的工具"

我们的政策,不光要使领导者知道,干部知道,还要使广大的群众知道。有关政策的问题,一般地都应当在党的报纸上或者刊物上进行宣传。我们正在进行土地制度的改革。有关土地改革的各项政策,都应当在报上发表,在电台广播,使广大群众都能知道。群众知道了真理,有了共同的目的,就会齐心来做。群众齐心了,一切事情就好办了。马克思列宁主义的基本原则,就是要使群众认识自己的利益,并且团结起来,为自己的利益而奋斗。报纸的作用和力量,就在它能使党的纲领路线,方针政策,工作任务和工作方法,最迅速最广泛地同群众见面。

——选摘自《毛泽东选集》

"做一个中国无产阶级革命的工具"

"在苏区的工作中,炮弹随时会从天而降。在这样恶劣的环境下,冒着随时可能牺牲的危险,张人亚始终一心扑在工作上,他勤奋工作、不畏艰险的作风,非常值得今天的我们学习和效仿!"

一片红心温雪海,两条赤足跨千山。革命先驱张人亚生命中的最后时光,是在红色故都瑞金度过,那时候,从上海出发前往瑞金,要翻山越岭长途跋涉,在战火纷飞的年代,他还要躲避随时可能出现的国民党反动派的袭击。在那艰难困苦的岁月里,他是如何克服重重困难到达瑞金,又是如何在敌人的眼皮底下开展工作的?带着这些疑问,我们一行人开始了寻访先烈遗志,探寻英雄足迹的瑞金之行。

"天将晓,队员醒来早。露侵衣被夏犹寒,树间唧唧鸣知了。满身沾野草。天将午,饥肠响如鼓。粮食封锁已三月,囊中存米清可数。野菜和水煮……"吟诵着陈毅元帅的《赣南游击词》,我们在初冬的寒风萧瑟间,踏上了前往瑞金的动车。

拿到车票的那一刻,我们得知,宁波距离瑞金差不多有上千里路程,即便是在交通较为发达的今天,乘动车前往瑞金也要经历8个小时的车程。而在张人亚到瑞金就任的1931年12月,天寒地冻,交通非常不便,他们的出行几乎完全是靠"两条赤足跨千山",想到这里,我们一行人陷入了深深的沉默中。

"上海建党,开天辟地;南昌建军,惊天动地;瑞金建政,翻天覆地;北京建国,改天换地。"列车徐徐向前,带着对红色故都的向往,我翻开了随身携带的《中央苏区史略》一书,开始了解苏区的红色历史。

中央苏区,又称中央革命根据地,它位于闽粤赣三省交界的赣南、闽西地区。这一地区,地势险要,资源丰富,人民勤劳勇敢,是一个美丽的山区。但在进入近代以后,由于受到帝国主义和封建主义的双重压迫与剥削,这里变成了一个经济落后、民穷财尽、反动派统治力量较为薄弱的贫困山沟。大革命在这里播下了火种,掀起了土地革命风暴,开辟了若干红色区域。这是毛泽东、朱德、陈毅等决定率领红四军主力撤离井冈山转战赣南闽西的客观依据。

就在1931年11月7日,位于瑞金城东6公里的叶坪村张灯结彩,人山人海。这座古樟掩映的村庄,也因为这一天载入了共和国的史册。

这一天,中华苏维埃第一次全国代表大会在叶坪村谢家祠堂隆重召开。大会宣告成立中华苏维埃共和国,随后选举产生了临时中央政府,毛泽东当选为中央人民委员会主席和中央执行委员会主席。会议结束后,谢氏宗祠被木板隔成了15个房间,作为会上成立的外交、军事、土地、内务、财政、教育、司法、劳动、工农检察9个部和国家政治保卫局的办公室。

从此,瑞金这个闽、赣交界处的小县改名为"瑞京",成为中华苏维埃共和国的首都,成了中国新民主主义革命史上第一个红色都城。瑞金,也让张人亚的人生涂上了浓墨重彩的一笔。

"对于瑞金,人们最初的印象大都源于一篇小学课文《吃水不忘挖井人》。"车窗外群山逶迤连绵,动车在群山之间绕行,铁路两旁的白杨树一棵棵地向后掠去,远处的山头上,笼罩着淡淡的白雾,就像给群山罩上了一层朦胧的面纱。望着窗外渐渐苍茫的暮色,北仑区委党史办的盛光杰主任开始讲述对红色瑞金的印象。

当年,瑞金的沙洲坝是一个偏僻的小村子。1933年4月间,临时中共中央政府机关从叶坪迁到了这里。一天,毛泽东主席办完公事回来,看到乡亲们在又洗菜又洗衣服的池塘挑水吃,深感百姓用水困难。他决心帮助老百姓挖口井。毛泽东亲自勘察水源,选择井位,带领战士们一起挖井。几天后,一口直径85厘米、深约5米的水井便挖好了,沙洲坝人从此吃上了干净的井水。

"红色心田你滋润,甘露浇灌万年春,捧起春光我畅饮,吃水不忘挖井人……"哼唱着《吃水不忘挖井人》这首熟悉亲切的歌曲,我们不由心生感慨。饮水思源,从第一个苏维埃政权到天下第一大执政党,中国共产党靠什么取得最终胜利?靠的就是共产党心中有群众,群众心向共产党!正因为根植于老百姓之中,赢得了人民群众的拥护,一个完全区别于几千年封建社会的"改朝换代"、与一切剥削阶级掌握的旧式政权根本不同的新型人民政权才能建立起来。

列车在如漆的夜色中一路向前,车厢里变得安静下来。我合上了书,搓了搓手,不觉感到了一阵寒意,赶紧找了件厚的外套披在身上。此时,我不由得想起了革命先驱当年长途跋涉的艰辛。风餐露宿,食不果腹,而天气又湿冷刺骨,他们在寒冬季节披着单衣上路,无惧风霜雨雪的侵蚀,也无惧枪林弹雨的偷袭,"革命必胜!""共产主义必将到来!""没有共产党就没有新中国!""做一个中国无产阶级革命的工具!"我的眼前浮现出张人亚怀揣信念赶路的情景,心底顿时感受到如有阵阵滚烫的激情在涌动。

"马上就要到长汀了,张人亚曾带病到这里检查工作,正是不幸病逝在前往长汀的途中。"说话间,北仑霞浦街道的文化站站长贺霁打开了手机,准备拍摄下长汀的夜景。我向窗外望去,在一片群山叠嶂中,依稀可见几处摇曳的灯火,星星之火可以燎原,当年,也许就是这些明亮的灯光,照亮了革命先驱前行的路,而共产主义的信仰始终如一盏明灯,指引着革命先驱奋勇向前。

印象中,福建长汀作为全国著名的革命老区,是红军故乡、红色土地、红旗不倒的地方。长汀具有光荣的革命传统,第二次国内革命战争时期,长汀是中央苏区的重要组成部分,是中央苏区的经济文化中心,被誉为"红色小上海"。毛泽东、周恩来、朱德、刘少奇等老一辈革命家在长汀从事过伟大的革命实践。党的早期领导人瞿秋白、何叔衡在长汀就义。而在上海就曾是张人亚领导的何叔衡,1931年11月,进入中央苏区担任中央工农检察人民委员部部长,后来,张人亚也离开芜湖,来到了瑞金,再度成为何叔衡的手下。

历经8个小时的旅程,乘着如荼的夜色,我们顺利到达了共和国摇篮瑞金。一踏上这片红色的土地,映入眼帘的是炫目的红色,红色的建筑,红色的星徽,还有大街上飘扬的中华苏维埃共和国国旗和中华人民共和国国旗,无不辉映着她昨天的历史和今天的光荣。

"大家为了寻访革命先驱的红色足迹,不辞辛苦远道而来。据我推测,张人亚当时出行可没有今天这么便利,他们很有可能是通过党的红色地下交通线到达的瑞金,说起来,真是山高水长,路途遥远啊!"瑞金市党史办原副主任曹春荣一见到我们就聊开了,原来那时的地下交通线是从上海出发到香港,再由香港转道汕头、大浦,到达永定、长汀,最后的落脚点在瑞金。

在白色恐怖笼罩的当年,革命先驱要辗转多个城市,围着上海、广东、福建绕一个大圈才能到达江西瑞金,听到这里,我们不禁为革命先驱排除万难去争取胜利的革命斗志而动容。

"在苏区的工作中,炮弹随时会从天而降。在这样恶劣的环境下,冒着随时可能牺牲的危险,张人亚始终一心扑在工作上,他勤奋工作、不畏艰险的作风,非常值得今天的我们学习和效仿!"

曹春荣告诉我们,在中华苏维埃共和国第一次代表大会会址后面有一棵大树,树干被劈成两段,树枝上还夹着一枚炮弹。关于这棵树,有一个流传颇广的故事,国民党反动派轰炸苏区,一枚炮弹落在树上却没有炸响。

夜色阑珊,带着对革命先驱崇敬的心情进入梦乡,我不时地梦见了战机轰鸣、炮弹炸响的画面,而我们的革命先驱面临生死考验不为所动,始终头也不抬地专注于工作中,他们的身影是那么的高大,又是那么的挺拔与凛然……

"张人亚党性过硬,曾当过纪检干部,参与和创建中央工农检察人民委员部的各项建设工作,为苏维埃各级国家机关和经济组织立下了家规。"

瑞金的早晨,金灿灿的太阳冉冉升起,把这里的土地映照得一片通红。一大早，曹春荣带领我们来到了瑞金叶坪，中华苏维埃共和国临时中央政府的办公旧址。

走进一片由黑砖、土墙组成的建筑群，一股浓厚强烈的红色历史文化气息就深深牵引着我的思绪。巍巍的古墙，或是一角倾颓的殿基，无形中都在诉说或歌唱着历史的深刻变迁。一抬头，映入眼帘的是挂在临时政府旧址正中央的一颗硕大的黄色五星，房屋两旁的山墙庄严肃穆。走进旧址，屋内陈旧古朴的桌凳布满尘埃，隐隐散发着历史厚重古旧的气息。时光荏苒，身处革命旧址，我们仿佛感受到老一辈革命家为了党和国家的前途命运殚精竭虑呕心沥血的那份坚毅与执着。

"中华苏维埃共和国临时中央政府旧址原是谢氏宗祠，已有几百年的历史。1931年11月7日，中华苏维埃第一次全国代表大会正是在这里隆重召开。很难想象，就是在这样条件艰苦、设施简陋的环境下，中华苏维埃第一次全国代表大会讨论通过了苏维埃宪法大纲以及土地法、劳动法和工农检察问题等决议案。"当我们轻抚印记着岁月痕迹的古墙，曹春荣的一番讲述，将我们带到了一段旧时时光。

1931年11月7日，微微晨曦，叶坪广场上举行了隆重的阅兵典礼，毛泽东、朱德、彭德怀等领导人检阅了威武的中央红军代表。在随后举行的历时14天的第一次全国代表大会结束后，中华苏维埃政府首次以国家政权的姿态诞生于世，与当时的"国民政府"对立并存，成为全国工农革命运动的指导者与组织者，成为中国工农民主专政在全国范围内胜利和奠定的先声，创造了中国新社会的序幕。

建政之后，苏维埃共和国临时中央政府印发货币，颁布宪法、劳动法等法律，发展苏区经济，创办社会事业，指挥全国苏区工作。从此，瑞金见证了中华民族有史以来第一个工农民主专政的新型国家政权形式的建设过程，见证了中国共产党领导和管理国家政权、学会治国安邦艺术的宝贵尝试，见证了18年后建立新中国的一次气势恢宏的伟大预演。

"从苏维埃到新中国，关心群众、依靠群众的工作作风伴随着中国共产党一路走来。如今，苏区作风已经发展成为权为民所用、情为民所系、利为民所谋、立党为公、执政为民的崇高理念。"说话间，我们走到了一个挂着"检察部"字样的房间门口，曹春荣赶紧停下了脚步，招呼大家走进去参观。

我一眼看过去，发现这里的一排房子，两侧用木板隔开成15个小房间，它们每一间的格局大致相同。每个房间的面积不足10平方米，标配是一桌一椅一张木板单人床。"一个小屋子相当于一个部，承担起管理好国家某一个领域工作的重担，条件之艰苦可想而知。不过在当时的环境下，对张人亚和同志们来说，办公条件的艰苦真算不上什么，因为他们还随时面临着生死考验。"

在中华苏维埃共和国第一次全国代表大会召开之时，位于长汀近郊的假会场遭到敌机的轰炸。尽管这样，代表们仍然置生死于度外，讨论通过了《中华苏维埃共和国宪法大纲》。根据规定，中央人民委员会下设外交、军事、土地、劳动、内务、财政、教育、司法和工农检察9个人民委员部和国家政治保卫局，何叔衡为首任中央工农检察人民委员部部长。1931年12月，何叔衡在组建中央工农检察委员会时，想到了年初在上海的中国革命互济会全国总会曾一起共事过的张人亚，向组织上推荐张人亚列入中央工农检察委员会的委员名单里。月底,张人亚离开芜湖,转道上海到瑞金报到,担任中央工农检察委员会的委员。

当时,中华苏维埃共和国中央执行委员会赋予中央工农检察机关监督辖区内的国家和机关企业,以及有国家资本在内的企业和合作社企业的职责。特别要发动群众向国家机关和各种经济组织中的贪污、浪费、腐化等官僚现象做斗争。执行任务时,为便利工作,工农检察机关可组织各种专门检查委员会。如有必要还可组织群众法庭,审理不涉及犯法行为的官僚腐化案件。群众法庭有权判决开除犯有官僚腐化罪行的工作人员,公布其罪状,如发现机关团体的工作人员有违法行为,工农检察机关应将材料移送司法机关,提起诉讼。

"张人亚党性过硬,曾当过纪检干部,参与和创建中央工农检察人民委员部的各项建设工作,为苏维埃各级国家机关和经济组织立下了家规。"曹春荣表示,中华苏维埃共和国工农检察委员会成立后,张人亚忠于中华苏维埃共和国中央执行委员会赋予中央工农检察委员会机关的职责,积极参与中央工农检察机关自身的各项建设,对各级政府执行上级命令、法令情况以及选举、春耕、优待红军、财政统一等方面工作开展了卓有成效的督查,为苏维埃中央工农检察制度的建立发展,立下了不可磨灭的汗马之功。

在他的叙述中,我的眼前浮现出张人亚开银楼、担任内交科科长的种种经历。在隐蔽战线上工作,他冷静、机警、勇敢且甘于默默奉献;在我党最需要的时候,他挺身而出、临危受命且不负众望,这就是张人亚赤诚为党的真实写照。中央工农检察委员会委员,也就是现在的纪检干部,由他来担任再合适不过了。想到这里,我的思绪被牵引到了张人亚昔日的工作场景中。

"人亚同志,告诉你一个好消息!"何叔衡部长走进房间,脸上挂满了笑意。

"何部长,您有什么好消息要告诉我,难不成您还要给我卖卖关子?"张人亚从一堆材料中抬起头来,"何部长,我正在草拟我们检察委的纪律制度,您看看这样是否合适。"说着,张人亚把手中的材料递给了何叔衡。

"年轻人有干劲,我当初提议调你过来,就是想到你既有基层斗争的经验,又到苏联东方大学学习过,年轻又很能干,我们临时中央政府正需要你这样吃苦耐劳又懂很多专业知识的人才呀!"何叔衡扫了一眼材料,放在了桌上,"这事我们坐下来慢慢详谈。人亚同志,你就不好奇一下我的好消息?"

"组织纪律有要求,不该问的不要问,不该说的不要说。对于好消息,何部长想说自然会告诉我的。"张人亚揉了揉干涩的眼睛,露出了难得一见的笑容。

"好吧,我还真得第一时间把这好消息与你分享。告诉你,你提议设立控告箱一事,主席批准了!"何叔衡笑着拍了拍张人亚的肩膀,"年轻人有想法,好样的!"

"真的吗?那太好了呀!这事我得马上去办好。"张人亚赶紧找了投票用的信箱,在上面贴上了"控告箱"几个大字,挂在了房间门口。几个前来办事的群众路过,都纳闷这信箱是干什么用的。

"各位工农群众们,为了严肃纪律,更好地服务于工农大众,我们决定设立控告箱。不管有什么事情,大家只要对政府有意见,都可来这里写信控告。不会写字的,可以找人代写,我们每天会定时查看这里面的控告内容。"张人亚给大家一一做着解释。

"我们告了就当真有用吗?叶坪村苏维埃政府主席谢步升,他利用职权霸占群众妻子,这事告了也管用?"有群众在小声嘀咕。

"大家请放心,政府下了决心整治贪污腐败和不良现象,保证队伍的纯洁,我们言出必行。就你提到的谢步升的情况,请在控告信中详细说明,方便我们检察。"张人亚耐心地说。

正是在这场反腐风暴中,通过工农检举、检察,组成法庭,查实谢步升还有贪污打土豪得来的财产、杀害革命干部的罪行,他成为中华苏维埃共和国成立后第一个被枪决的贪污腐败分子。

"张人亚是一个党性极强,工作极负责,工作能力也极强的人。因为长期从事党的保密工作,他可能会给人留下一种不苟言笑、不善言辞的印象,放在今天,就是大家眼中的工作狂。"曹春荣的一席话,将我拉回到现实中。

在展厅里,我们看到了一幅题为"张人亚带病工作"的肖像画,画中的张人亚戴着一副眼镜,形象有些消瘦,看到他生命不息战斗不止的工作画面时,我们一行人的眼睛模糊了。张人亚秉持做中国无产阶级革命工具的初心,坚定信念,心系群众,刻苦学习,勤奋工作,不避艰险,不怕困难,勇往直前,革命到底!

"那时,张人亚主管中央政府印刷事业,为传播和普及马克思主义和文化科学知识,废寝忘食。他在主管苏维埃中央政府

印刷事业短暂时期里,对提高苏维埃干部和群众的思想觉悟和受教育的程度,推进苏维埃各项建设发挥了重要作用。"

在瑞金寻访的第二天,下起了小雨。当我们走进中央出版局旧址时,看到张人亚当年工作生活过的房间这简陋的设施,在雨雾迷蒙中,我们的眼眶湿润了。

房间里,靠窗放着一张单人木质书桌,桌上摆放着一摞书籍、报刊,一盏老旧的煤油灯发出微弱的光。屋子中央,一个单薄的柜子将本就不宽敞的房子隔成里外两间。里间紧挨着柜子放着一张木板单人床,上面有一床破旧的薄棉被。目睹这寥寥数物,我努力想象着张人亚就着昏暗的煤油灯,趴在桌子上伏案疾书的样子。那时距离他最终病逝不过半年时间,此刻的他也许已是病魔缠身了。

"1932年6月,张人亚调任中央出版局局长兼总发行部部长,同时兼任中央印刷局局长。瑞金当时的物资供应极为短缺,食盐、煤油、药品等稀缺。为了节约,就连三叉油灯也常常是掐掉其中两头,只保留一头。"陪同我们一行人寻访的曹春荣指着桌上的煤油灯,感慨地说道。

做出版印刷,称得上是张人亚的老本行:1922年,他领导了上海市金银业工人大罢工。在罢工取得一定成效后,他进入上海商务印书馆的同孚工人合作社,开始职业革命家的生涯;1923年,中共上海地委兼区委将全市53名党员编成4个小组,张人亚被编入商务印书馆小组,之后还曾担任过商务印书馆小组组长;1927年,张人亚作为中共江浙区委宣传部分配局负责人,筹办《平民日报》,该报也是上海总工会机关报……

中华苏维埃共和国中央政府中央印刷局成立于1931年底，是中华苏维埃共和国中央政府的下设机构，主管苏维埃中央政府的印刷事业。当年，中央印刷局下辖一个印刷厂——中央印刷厂。机构内设总务处、材料科、油墨部、裁纸装订部、编辑部等部门。中央印刷厂职工多时有200多人，其中大部分都是从上海商务印书馆过去的技术骨干，铅印部主要负责印刷中华苏维埃共和国中央政府机关报——《红色中华》以及《斗争》《苏区工人》等报刊，还印一些重要的教材书籍，在这些书刊上均署"中央印刷局印制"。

张人亚主管苏区的出版、印刷、发行工作时间并不长，仅半年多，但就在这半年多的时间里，他组织出版、印刷、发行了一大批书籍报刊。"也许现在会有人不理解，那时候大家应该都在忙着革命，哪还有人看书看报，出版印刷工作对推动革命又有什么作用呢？"曹春荣笑着说。

"这需要了解当时的情况，二十世纪二三十年代，瑞金当地的文化教育层次比较低，绝大多数人是文盲。为了改变这一状况，中央苏区大力推动文化教育的发展，印刷的报刊书籍宣传资料就是重要的载体。"曹春荣由衷地表示，"那时，张人亚主管中央政府印刷事业，为传播和普及马克思主义和文化科学知识，废寝忘食。他在主管苏维埃中央政府印刷事业短暂时期里，对提高苏维埃干部和群众的思想觉悟和受教育的程度，推进苏维埃各项建设发挥了重要作用。"

苏维埃中央印刷厂在当时艰苦的战争形势下，因陋就简，但在张人亚的领导下，以饱满的革命精神和艰苦创业的工作作风，出色地完成了各种报刊书籍的印刷任务，经常受到中央的表扬。"大家看看这些报道,当年张人亚他们可是克己奉公,一心一意干革命啊!"北仑区委党史办的贺海波副主任翻开了陈放在桌上的报纸。

顺着手指的方向,我们看到,在《红色中华》报道"中央印刷局实行劳动法"时称,"中央政府印刷局的印刷工人在三次战争的时候,是没有工资规定的,每人领取零用费。现在中央政府按照劳动法规定的最低工资,技术较高的工人,按照技术高低规定工资。""工人自动提议因为节省经济起见,愿将原有中央政府规定工资十八元,减为十六元,十四元减为十二元。此系印刷工人拥护苏维埃政权的表现。"

此时,屋外寒风簌簌,微微泛黄的报纸霎时随风翻飞,空气中依稀能闻到陈旧的油墨香气。作为一名媒体工作者,我对报纸的编排情有独钟,采访、写稿、编辑、排版、印刷、出版……我的脑海中呈现出一幅幅加班写稿编稿的画面,我们的革命先驱张人亚,当年也是在这样地熬夜加班劳作吧,冥想中,我仿佛回到了那些峥嵘岁月,眼前不时有他瘦削的身影在晃动。

"眼下敌人对我中央苏区实行封锁,无论粮食、油盐这样的生活用品,还是生产用的各种物资,都在层层设卡,严禁流入到苏区,妄图使苏区弹尽粮绝。这种形势下,我们只有发展经济,才能使革命战争得到物质基础,顺利地开展军事进攻,给敌人的围剿有力的打击!"房间里,张人亚一边凝神思索,一边伸手掐掉了三叉煤油灯的两头,只保留其中的一头。

"局长,这是明天的版面清样,您看好后签一下字。"编辑小李走进了房间。

"明天是什么主题?眼下苏区的各项物资短缺,要号召同志们积极投入生产建设,我们报纸要起到鼓与呼的作用。"张人亚扫了一眼版样说道。

"这里有一篇评论文章,号召大家积极行动起来。"小李说完离开了房间。

"号召大家积极参与生产建设,对抗敌人的经济封锁,这个主题好!"半小时后,张人亚在版面清样上写下了大大的"好"字,转身走进了铅印部。

"陈部长,今晚要辛苦大家了,明天的《苏区工人》紧急加印5000份,这期的《红色中华》也要加印四个版。"张人亚拿着加印任务单,急匆匆地说。

"局长,加印版面的稿子现在有了吗?"铅印部的陈部长在机器的启动声中抬起了头。

"稿子已经写好了,清样也做好了,随后就送过来。"张人亚把加印清单递过去,握了握陈部长的手,"辛苦了,这个任务一定要尽快完成! 越是艰难时刻,越是需要我们来鼓舞人民的斗志!"

夜已经深了,煤油灯的火苗在闪烁跳跃着。张人亚还在挑灯夜读,他在思考,苏区的一些干部、群众的理论素养不高,无论是对马克思主义的理解,还是对文化科学知识的掌握,都有欠缺;而此时的苏区又会聚了一大批高级知识分子,他们具有很高的理论修养,有很强的解释理论和写作能力。想到这里,他有了茅塞顿开的感觉,不由得露出了微微的笑意……

"张人亚在处理繁重工作的同时,还要面对工作生活条件的艰苦,以致疲惫的他积劳成疾。"曹春荣不无忧伤地说。

窗外的细雨,似乎也感染了我们忧伤的情绪,开始淅淅沥沥下了起来。

"张人亚主政中华苏维埃共和国中央出版局局长兼总发行部部长,为苏维埃新闻出版事业的发展呕心沥血。半年时间,先后主持出版了列宁、斯大林经典著作等近20部,积极宣传马克思主义信仰。"

铁肩担道义,妙手著文章。

新闻出版事业是文化事业的重要组成部分,苏维埃中央政府成立后,我党对出版事业十分重视,将其视为党的工作的喉舌。中央出版局成立于1931年底,隶属于中华苏维埃共和国中央政府,初期设于瑞金叶坪。1932年6月15日,张人亚任出版局局长。

"中央出版局是中华苏维埃共和国中央政府新闻出版和发行事业的管理机构,它的主要职责是检查、审批报刊、书籍的出版和发行。"据曹春荣介绍,中央出版局下设编审部、发行部等部门,它还经常自己编纂书稿出版,因而它不仅仅是出版行政管理部门,还具有出版社的性质,具有国家出版社的功能。而成立于1932年的中央出版局总发行部,简称"中央总发行部",是中华苏维埃共和国中央政府书刊发行工作的主管部门,总发行部工作人员有20余人,具体负责中央党报、党刊和重要政治理论书籍的发行工作。

在苏区,大革命的失败使党的宣传组织系统受到破坏,政治宣传形式多止于发宣言散传单。而苏区大都位于山区,是封建迷信最为盛行的地方,由于长期处于封建思想的毒害下,中央苏区的民众90%以上都是文盲。张人亚就任中央出版局局长后,意识到引导群众去认识党的政策和提高其政治意识的重要性,当下,马克思主义作为我们党的意识形态,要成为全社会的主流意识形态和普遍信仰,只有通过科学的出版传播才能实现。于是,他主持出版了一批政策性、理论性、通俗性三者兼具的红色书籍,对于广大党员群众学习马克思列宁主义的建党学说与建党思想,学习党的基本理论和基本知识,有着重要的意义。

这些红色书籍的出现,使群众的文化素质得到极大的提高,苏府范围内的农民,无论男女老幼,基本都听过《国际歌》及各种革命歌曲。尤其值得一提的是,这些红色书籍加强了老百姓的阶级意识,无论三岁小孩,还是八十老人,都痛恨地主阶级,打倒帝国主义,拥护苏维埃及拥护共产党的主张,几乎成了每个群众的口头禅。

"张人亚主政中华苏维埃共和国中央出版局局长兼总发行部部长,为苏维埃新闻出版事业的发展呕心沥血。半年时间,先后主持出版了列宁、斯大林经典著作等近20部,积极宣传马克思主义信仰。"瑞金中央革命根据地纪念馆陈列馆管理处主任刘洪,指着一摞散发着厚重历史气息的书籍告诉我们。

触摸这些经典著作,我们依然能够透过时光的脚步,感受到真理的光芒。《第一国际到第三国际》《社会民主派在民主革命中的两个策略》《为列宁主义化而斗争》,这些书籍犹如号角,指引着党员群众奋勇向前;《为实现一省与数省革命首先胜利》《为领导民主革命建立民主的苏维埃政权而斗争》《农民问题》,为党、政、群众团体建设指明了方向;《职工运动指南》《国际纲领》《共产国际执委第十二次全会总结》等书籍,犹如甘霖,给党员群众以革命理论的滋养。

"张人亚在负责中华苏维埃共和国中央政府出版、发行工作的半年多时间里,认真贯彻执行党的文化教育方针、政策,紧紧依靠广大苏维埃干部和工人群众,艰苦奋斗、节约办事。"刘洪介绍说,当时的红色出版非常艰难,苏区出版物的印刷基本以油印为主,个别还有木刻和手抄的,瑞金就曾用木板印刷了《共产党宣言》。由于敌人的经济与物资封锁,油墨来源出现断绝,则以松树自烧烟灰,轧制油墨。

中央苏区出版的红色图书,紧密结合土地革命战争实际,是苏区千百万军民光辉战斗历程的真实记录。它留下了宝贵的革命传统和巨大的精神财富,它不仅继承了中华民族优秀传统文化,而且培养了有着新的革命精神的文化。

"这些红色出版物不仅为宣传革命、活跃苏区民众生活、融洽干群鱼水关系、巩固苏维埃政权,起了重要作用,而且还激发了苏区工农群众组织起来参军、参战、流汗、流血,为保卫苏维埃而献身的战斗热情。"刘洪翻开一本本线装书籍,非常感慨。

在接下来的实地寻访中,我们看到叶坪革命旧址群有一幢砖木结构的客家老屋,正门挂着一块牌匾,上面写着"红色中华通讯社"七个大字,陪同的曹春荣告诉我们,张人亚出版发行的《红色中华》报刊,就是从这里起步的。大家闻言,赶紧走进去一探究竟。

老屋里最重要的陈列物就是一部半电台,红色中华通讯社起初使用的电台还是从敌人手中缴获的。"我们党在那么艰苦卓绝的环境下创办了红色中华通讯社,向全中国、全世界播报党的主张。这是怎样的远见卓识!"站在一部半电台前,宁波市委党史研究室傅晓副主任感叹道。

党的奋斗目标和中心任务,就是红色中华通讯社工作的核心和要务。1931年12月11日,中央政府机关报《红色中华》创刊,与红色中华通讯社是一套人马、两块牌子。"宣传革命的统一主张,介绍国内国际的革命斗争,从中共中央到苏维埃政府,都需要一个能够完成这一任务的新闻机构。"曹春荣表示,《红色中华》的应运而生,在于发挥中央政府对于中国苏维埃运动的积极领导作用,以推翻帝国主义国民党的统治,获得全国的胜利。

"每星期六下午,从瑞金骑马去叶坪,在县城东北,相距约十里,就利用中央政府大厅做编写的地方,晚上也就住在那里,随便找个空房间过夜……生病的时候,也得去叶坪,因为不去就没有别的人去编了。"这是《红色中华》工作人员当年的回忆。

曹春荣介绍,初创时期红色中华通讯社只有两三个人,到1932年也就十几人。"编辑部人员除采访、写稿、译电外,还兼刻蜡纸和校对,常常夜以继日地工作。有的患了坐板疮、烂了腿,就趴在床上编写稿件。""那时生活很苦,大家拿到自己的一份饭菜后,就蹲在地上吃。"

工作条件简陋,报道内容却丰富多彩。我们看到,《红色中华》报不仅有国内报道,还有国际报道,不仅有消息、社论、要闻、通讯,还有很多生动形象的插图、漫画、图表,还开办了文艺副刊《赤焰》。"在当时的人力条件下,有如此丰富的新闻表达方式,不得不让人佩服!"让大家惊叹的是,在那样艰苦的条件下,《红色中华》

报的发行量从三千份增加至四五万份,远超当时国统区《大公报》的 3.5 万份。

"把斗争的战略向群众们公布。""将苏联社会主义建设的伟大发展和全世界全中国的无产阶级斗争的勇力传布给革命群众。"中央苏区的新闻报刊出版事业从无到有,从小到大,在极端困难的历史条件下,在反革命的"围剿"中生存、发展和壮大起来,欣欣向荣。

"中央苏区报刊不仅成为中国共产党鼓舞苏区军民英勇斗争的号角,团结人民和打击敌人的有力武器,而且成为中国共产党党史宝库中的一笔珍贵财富,在中国新闻报刊出版史上留下了光辉的一页。这其中,留下了张人亚不可磨灭的贡献。"曹春荣说。

走出红色中华通讯社,外面阳光正好。我抬起头凝望大门口"红色中华"几个大字,它们如闪亮的灯塔,鼓舞着我们不忘初心,牢记使命,继续前进!

"成为苏区出版事业的负责人后,张人亚肩上的担子就更重了,不仅要负责整个中央苏区的业务,工作量大,同时还要马不停蹄地奔赴各地,指导地方编印发行工作,日夜操劳。长期在危险的环境、艰苦的条件下进行高度紧张、繁重的工作,张人亚最终病倒在工作岗位上。"

在瑞金寻访,感觉这里是一部无字之书,每一次的朝拜或阅读,都能让人产生一种精神的迸发和力量的凝聚。

"赣州是著名的革命老区,是当年中央苏区的核心区域。八十多年前,毛泽东、朱德等领导红军和人民群众,在广阔的赣南、闽西大地,创建了中央苏区,成立了中华苏维埃共和国,进行了波澜壮阔、艰苦卓绝的革命斗争,孕育形成了以坚定信念、求真务实、一心为民、清正廉洁、艰苦奋斗、争创一流、无私奉献等为主要内涵的苏区精神。"我们去往红井的路上,曹春荣深情地说。

"红井水哟,甜又清哎!"循着悠扬的歌声,沙洲坝的池塘边,村民正在洗衣服,"毛主席当年在瑞金,亲手为咱挖红井,泉水清又清,领袖爱人民!"

《吃水不忘挖井人》的故事,让新中国几代人耳熟能详,也让我们一路上惦记在心。如今,人们亲切地称毛主席挖的这口井为"红井"。天朗气清,走近红井,只见这里井水清亮澄澈,井旁的石碑上,"吃水不忘挖井人,时刻想念毛主席"两行大字极为醒目。

"近年来,瑞金市以新农村建设为契机,听民声、察民情、知民意、解民忧,使全市农民喝上了干净水,住上了整洁房,用上了卫生厕,走上了平坦路。中国共产党人描绘的学有所教、劳有所得、病有所医、老有所养、住有所居的这幅和谐社会蓝图,正在一步步成为现实。"曹春荣介绍说,时值新时代美丽乡村建设,精准扶贫战略开展,红井人的生活正在发生翻天覆地的改变。

清清红井水,折射出老百姓与共产党的鱼水深情,映照着"水能载舟亦能覆舟"的深刻哲理。红井甘露育万代,代代永做革命人……哼唱着《红井水》歌谣,我把目光伸向了更为辽阔的远方,我们的革命先驱张人亚,当年也曾到过瑞金的不少地方开展工作吧!

"成为苏区出版事业的负责人后,张人亚肩上的担子就更重了,不仅要负责整个中央苏区的业务,工作量大,同时还要马不停蹄地奔赴各地,指导地方编印发行工作,日夜操劳。长期在危险的环境、艰苦的条件下进行高度紧张、繁重的工作,张人亚最终病倒在工作岗位上。"曹春荣仿佛看出了我的心思,他不无惋惜的话,将我的思绪带回到那些战火纷飞的岁月。

"局长,厂里刚接到任务,要紧急加印《斗争》3000份,下期的《红色中华》也要加印5000份。"铅印部的陈部长走了进来。

张人亚从一堆书籍中抬起了头,"噢,好的,现在苏区革命斗争形势日益严峻,迫切需要我们报刊发挥党的喉舌作用。这期主要内容是什么?"

"是关于苏区革命斗争形势的介绍,呼吁广大党员群众勇于同敌人做顽强的斗争。"陈部长递上了版面内容。

"好的啊,老陈,号召大家为保卫苏维埃而浴血奋战。"张人亚看了看版面内容,把手上的书稿递给了陈部长,"我这里正在着手编写一本《职工运动指南》,你们铅印部先印500册,供大家内部传阅。"

"局长,这可太好啦!我们大家正愁革命运动找不到方向呢!"陈部长如获至宝地拿着书稿,乐滋滋地走出了房间。

夜色如水般笼罩着大地,张人亚站起身关上了窗户,天气日渐寒冷,他咳嗽的老毛病又犯了。"咳咳咳",他赶紧倒了一杯热水,一股脑地喝了下去,顿时觉得舒缓了许多。

"小王,明天一早,我们去会昌县、于都县,还有周围的几个山区转转。现在革命斗争形势处于白热化中,这些地方消息来源闭塞,我们要去指导好这些地方的出版编印工作。"张人亚对通讯员小王吩咐道,"对了,你记得带上我们前阵子编印好的《农民问题》一书。"

"局长,这一带都是连绵的山地,现在外面下着雨,路很不好走,况且您的身体才刚恢复。要么等天放晴了,我们再出去吧!"小王用探询的眼光问。

"那怎么行,革命容不得半刻的懈怠!明天一早5点钟,我们就出发。"张人亚说完,又投入到埋头所看的稿件上。

凌晨5点的瑞金,天还没有一丝光亮,张人亚和小王拎着一大摞书,迎着黎明的曙光上路了。"局长,前面是一段交叉路口,我们找个亭子歇歇,等一下问路过的老乡,确定好该选哪条路,我们再走吧!"小王伸手抹了抹脸上的汗水。

"等老乡出来,怕是要等到天大亮了。我昨晚简单规划了一下我们的行程,再往前走一小段,翻过这座山,就上大路了。"张人亚瘦弱的身子有些气喘吁吁,开始不停地咳嗽起来。

"局长,您咳嗽的老毛病又犯了,再这么冒雨走下去,肺部进了寒气,可难以痊愈。"小王伸手想揽过张人亚拎的书籍。

"我这都是老毛病了,不碍事。你把手上的书给我,先到前面去看看,应该不远就有路牌的。"张人亚擦了一下额头的汗水,"我们一定要争取在天亮前翻过这座山,白天拎书行走容易暴露。"

随着小王的脚步声渐渐远去,张人亚略微整顿了一下衣着,两手拎着几捆书继续上路了。"局长,好消息,前面就是会昌县的县域。"小王一路小跑着,赶紧回来汇报好消息。然而,此时的张人亚已处于昏迷中。

"局长,您怎么晕倒了?局长,您醒醒!"小王赶紧把张人亚扶到身上靠着,他这才发现,局长的身上被汗水和雨水完全浸透了……

"今年,是中国共产党首部党章的守护者张人亚同志 120 周年诞辰,为缅怀张人亚这位最勇敢坚决的革命战士,我们要弘扬张人亚对待革命工作的那种坚决努力,刻苦耐劳,在共产党内始终站在党的正确路线之下,与一切不正确的思想做斗争的精神,这种精神是革命先辈坚定革命理想、敢于担当、敢于奉献的真实写照。"宁波市委党史研究室傅晓副主任的一席话,将我从张人亚的红色足迹中带了回来。

带着对革命先驱的无限崇敬和爱戴之情,接下来,我们一行人来到了红军纪念塔前。

当我们一行人抬头仰望叶坪红军广场那座 13 米高的红军纪念塔,我们的心灵感受到奋勇前行的力量。我们仿佛看到先烈青春而高昂的头颅在罪恶的子弹面前轻舞飞扬,看到他们炽热殷红的鲜血洒满共和国历史的一路征程。

曹春荣给我们讲述了拥军支前模范杨姑发的故事。老人的床头一直放着两个小包裹,第一个包裹里装的是叠放整齐的 5 件衣服,老人说她的 5 个儿子都参加革命牺牲了,这些是他们牺牲前穿过的衣服;第二个包裹里是一块石头,那是国民党军攻占瑞金后炸毁了红军烈士纪念塔,杨姑发绕过看守,冒着生命危险从纪念塔废墟中捡回的。老人说,看到这块石头就像看到 5 个儿子、看到红军战士一样。

瑞金到处都有像杨姑发老人这样的烈士家属。资料记载,1934

年中央苏区的一次人口普查显示当时瑞金有24万人,其中参加红军的有4.9万,牺牲的烈士中有名有姓的就达1.7万人。除了为革命奉献了大量的英烈,瑞金还为新中国培养了大量治国理政的人才。据统计,中华人民共和国成立后成为党和国家领导人以及省部级领导干部的,有140多人曾在以瑞金为首都的苏维埃共和国工作过。

"这是党和红军的一代精英,他们既是苏维埃政权的开创者,也是新中国的奠基者。"曹春荣感慨地说。

"踏着先烈血迹前进",循着用煤渣铺写的八个苍劲有力的大字,我们走到瑞金红军烈士纪念塔前,只见布满塔身的是一粒粒小石块。也许没有人能数得清塔身究竟有多少小石块,就像没有人能数得清到底有多少人为了新中国的事业献出了宝贵的生命。

但是,我们一行人深深知道,革命先烈用身躯托起的这座精神之塔,留给后人的将不仅仅是祭奠,她将激励一代又一代中华儿女,在中国共产党的领导下,去托起中华人民共和国的未来。

5
"最勇敢坚决的革命战士"

  开天辟地、敢为人先的首创精神，坚定理想、百折不挠的奋斗精神，立党为公、忠诚为民的奉献精神，是中国革命精神之源，也是"红船精神"的深刻内涵。我们要高举"三个代表"重要思想伟大旗帜，始终保持党的先进性，就必须永远铭记我们党的"母亲船"，重温红船的历史沧桑，在继承和弘扬"红船精神"中永葆党的先进性，进一步激发为中国特色社会主义事业而奋斗的信念和力量。

  ——摘自习近平《弘扬"红船精神" 走在时代前列》

"1932年的12月23日,天寒地冻。张人亚带病从瑞金出发,去邻近的福建长汀检查工作。山路崎岖难行,他最终还是没能走完这段路,疲惫的他在途中病发逝世。用今天的话说,张人亚这是因超负荷工作而导致的过劳死。"

青山处处埋忠骨,何须马革裹尸还。

在瑞金寻访时,我们在《红色中华》第46期(1933年1月7日)上发现了《追悼张人亚同志》的悼文,中华苏维埃共和国临时中央政府在其机关报上沉痛悼念张人亚。

悼文简要叙述了张人亚的职务、死因和革命经历后,对他作了高度评价:"人亚同志对于革命工作是坚决努力,刻苦耐劳,在共产党内始终是站在党的正确路线之下与一切不正确思想做坚决斗争,在党内没有受过任何处罚。因为努力工作,为革命而坚决斗争,使他的身体日弱,以致最后病死了。"

我们知道,2005年,张人亚的后辈颇费周折,从这篇题为"追悼张人亚同志"的悼文中才得知他去世的消息。而张人亚最后安息之地,因岁月阻隔还没有找到。那么,在福建长汀,是否留下关于张人亚的线索呢?在结束瑞金的寻访后,我们一行人赶往长汀。

长汀县位于福建省西部,武夷山南麓,简称"汀";南邻广东、西接江西；自古为闽、粤、赣三省边陲要冲，被誉为"福建省西大门"。长汀属武夷山南段，区内支脉纵横交错，向腹地延伸，形成东、西、北三面高，中、南部低，自北向南倾斜的地势。西部以低山为主，东部、北部以中山为主，山峰连绵，构成东、北部屏障，千米高峰有19座。

长汀具有光荣的革命传统。第二次国内革命战争时期，长汀是中央苏区的重要组成部分，是中央苏区的经济文化中心，被誉为"红色小上海"。毛泽东、周恩来、朱德、刘少奇等老一辈革命家在长汀从事过伟大的革命实践。党的早期领导人瞿秋白、何叔衡在长汀就义。第二次国内革命战争时期，长汀2万多名优秀儿女参加了红军，涌现出了老将军13名，是红军长征出发地之一。1932年，第一个福建省苏维埃政府、中共福建省委、福建省军区等机构在长汀成立，长汀成为福建革命运动的政治、军事中心。

"在中国共产党的历史上，长汀的重要地位丝毫不亚于瑞金。"长汀县委党史研究室专家郭添阳介绍说，中华苏维埃共和国第一次代表大会在瑞金召开，我们党同时在长汀设立了一个假会场，试图混淆国民党的视线，以确保大会顺利召开。

"如果说瑞金是中华苏维埃共和国的政治、文化中心，那么，长汀就是经济、军事中心。"郭添阳说。

如今搭乘动车从瑞金到长汀仅需16分钟。然而，这段路在当年却并不好走。两地相距50多公里，中间隔着几座大山，还要经过一段古驿道。郭添阳说，这段古驿道名为隘岭关，位于闽、赣两省交界处，有上千年历史，张人亚当年应该就是沿着这条古道前往长汀的。

古道的崎岖自不必赘言，更重要的还是冷。我们从瑞金到长汀的路上，尽管有阳光照在身上，但风很大，还是感到很是清冷。据《红色中华》记载，张人亚是在12月23日牺牲的，想必当时的天气条件要更为恶劣，张人亚拖着病体，行走是何等艰难。

"1932年的12月23日，天寒地冻。张人亚带病从瑞金出发，去邻近的福建长汀检查工作。山路崎岖难行，他最终还是没能走完这段路，疲惫的他在途中病发逝世。用今天的话说，张人亚这是因超负荷工作而导致的过劳死。"郭添阳望着幽长的古道，话语里充满了遗憾。

一位经得住各种考验，对党绝对忠诚，最勇敢坚决的革命战士，这是中国共产党对张人亚同志作出的高度评价。1932年12月，张人亚为何带病赶赴福建长汀？从瑞金到长汀的漫漫长路上，他都经历了什么？我们决定到他曾经走过的长汀古道上去寻访。

站在福建长汀和江西瑞金的分界线上，寒风裹挟着细雨袭来，刺骨的冷。1932年，张人亚曾在这条古驿道上带病艰难前行。山路上盖上了厚厚的树叶，两边的竹子和树木都挂着冰霜，手一伸出来就被冻成红萝卜一样，寒冷让人无处可藏。但我只想知道，是什么原因，让张人亚不顾病弱的身体，非去长汀不可？我的脑海中想象着那过去的一切。

"这到底是怎么回事，这么搞下去怎么行？小王，快扶我起来！"张人亚手上拿着一份材料，生气地大声说。

"局长，怎么啦？您的咳嗽拖得太久，医生说已经肺部感染，您得好好休息！"小王跑了过来，"局长，您一忙起来就忘了吃药了！"

"长汀出事了，很多无辜党员群众被错捕，我们一定要去阻止这种错误行为！"张人亚着急得连连咳嗽起来。

"局长,医生说您只能卧床休息,您的身体还在发烧呢!"小王不知该如何是好。

"快,一刻都不能耽误,马上出发!这事可是关乎我党的生死存亡!"张人亚拖着疲弱的身体,从床上爬起来,义无反顾地又踏上了前往长汀的古道……

冬季的长汀,小雨淅淅沥沥,落在头发上,很快就冻成了冰。我从怀想中回过神来,根据之前四处打听的结果,张人亚的忠骨可能埋在一个叫"条洒"的地方,我们想去那里找找看。

"条洒,可能是宁波的方言,或者是其他什么地方。"长汀县委党史研究室专家郭添阳告诉我们,从瑞金到长汀,并没有"条洒"这个地名。"条洒,也可能是桥下的意思。没有别的桥了,只有这个桥是通往江西的。"据他回忆,长汀县古城镇十年前曾有一座先人桥,桥下就是一大片乱葬岗,很多坟墓在那边,当地村民把无主的孤坟合葬在了一起,叫作义冢,逢年过节摆上祭品祭奠。

我们决定去碰碰运气。伴着迷蒙细雨,郭添阳带我们找到了这片义冢,他说:"没有人去管的这些坟墓,很大一部分都是土地革命时期,要么是被杀害的,要么是外地人来这里死去,没后代去跟的……"冷清,凄凉,苍冷,眼前的坟墓会是我们要找的英雄埋忠骨处吗?我们真的离张人亚越来越近了吗?

在长汀接下来的寻访期间,我们在长汀县委党史研究室专家的帮助下,查阅了当地烈士名录、方方纪念馆馆藏资料,都没有见到有关张人亚安息之地的记载。也许,张人亚安息何处,永远不为人所知。但这又何妨,因为,他的精神已长留人间。

"1922年,中国共产党第二次全国代表大会通过了第一部《共产党宣言》:本党党员无国籍性别之分,凡承认本党宣言及章程并愿忠实为本党服务者,均得为本党党员……"

宁波、上海、芜湖、瑞金、长汀,我们沿着张人亚的人生轨迹一路寻访,虽然没能最终确认他真正的墓冢在哪里,但却清晰触摸到了张人亚作为中国共产党人,对党忠诚、为国为民鞠躬尽瘁的赤诚初心:在上海,他不忘初心,为维护无产阶级的权益四处奔波;在芜湖,他淡泊名利,将中央金库打理得井井有条;同样是在芜湖,他勇于担当,展现出一名党的干部的政治洞察力和远见;在瑞金,他克己奉公,坚持在恶劣的环境下开展工作,甚至最终因此献出了宝贵的生命。

"最勇敢坚决的革命战士",宁波北仑霞浦人张人亚,从参加革命到1932年牺牲,他的革命事迹不只保护了我国36件红色文物这一桩。他是中共早期党员;他曾领导上海金银业工人运动;他曾是中央金库的负责人,还曾担任安徽芜湖中心县委书记;他曾是中央苏区出版事业的重要开拓者;他是党的珍贵文献的保存者,除了《共产党宣言》,还保存有中共首部党章……

我们一次次重走张人亚的革命道路,希望通过对已经快被湮灭在浩瀚历史长河中的史料进行挖掘,不仅让后人了解一个更为完整、生动的张人亚,也让他身上闪耀的信念坚定、不忘初心、淡泊名利、勇于担当的优秀精神品质能够发扬光大,影响更多的人。此心不忘,方得始终!

"最勇敢坚决的革命战士"

> "井冈山是革命的山、战斗的山,也是英雄的山、光荣的山。大革命时期,这里有过三个党员重建党组织的故事,也有过一支枪也要坚持闹革命的传说。革命先驱张人亚,在大革命低潮时期,不顾个人安危把首部党章等珍贵文献送往乡下老家保藏。为了保存革命的力量,即使面对无尽的苦难,信念坚定的共产党人依然坚贞不渝;有了革命的火种,只要条件允许就会发展成为燎原之势。"

井冈山,被称为"中国革命的摇篮"和"中华人民共和国的奠基石"。

结束瑞金的寻访之旅,我们一行人前往井冈山,感受跨越时空的井冈山精神。车窗外大地翠绿葱茏,一片绿意。我知道,在它的青山绿水间,有这样一些人,带着革命者特有的韧性和坚毅,把他们的笑颜永久留在了这片热土上;把他们的生命,永远融入了中国革命的风雨征程中。

"说起井冈山,这是我心中一块热血沸腾的革命圣地。想当年,秋收起义后,'军叫工农革命,旗号镰刀斧头'的工农红军,在毛泽东的率领下,避开强敌来到湘赣边界的井冈山地区,建立了第一个农村革命根据地。翌年,与南昌起义的部分部队在井冈山胜利会师,创立了红四军。在随后反围剿中,红军仅靠不足一营的兵力,取得了黄洋界保卫战的胜利。这是一个历史性的关键胜利,不但保卫了根据地,也保卫了中国革命的胜利。"北仑区委党史办的盛光杰主任深深地感慨道。

冬日里,脚踏这片土地,不由得让人激动和沸腾,也许是革命者的热忱在感染着我们,中国革命从这里发源、蓬勃、壮大,沿着长征之路走到延安,又从延安走到了北京,留下了南昌、井冈山、瑞金一个个响亮的地名点缀在江西这片红色的大地上。井冈山山路九曲八弯,山风习习,带着雾气。我们聆听着井冈山的传奇故事,穿行在井冈山的小路上。

行走间,想象过去,这里盗匪出没,兵家争夺,还有我们的红军几经风风雨雨,在这崇山峻岭中奋勇战斗,使我心情异常激动。望着那些羊肠小道,我仿佛看到毛主席带领一支支红军队伍肩挑粮食,迈着稳健的步子,飞奔在小路上。当年,毛主席、朱德总司令率领红军战士,面对数十倍敌人的疯狂进攻,毫无惧色,沉着应战,以自己的革命激情和满腔热血,捍卫了革命根据地。如今,他们走过的山路上,开满了红杜鹃,让后人领略当年红军坚强不屈的精神。

不知不觉,我们来到了黄洋界山峰脚下,拾阶走上最高处,就来到了黄洋界纪念碑的脚下。井冈山根据地的建立,翻开了井冈山历史的第一页,也造就了中国革命的摇篮。井冈山新的历史谱写了新中国新的历史——革命的圣地诞生了。远远望去,"星星之火,可以燎原"的碑刻,在苍翠的峰峦间闪耀着璀璨的金光。纪念碑脚下的一门铁炮昂首立于山石之上,正对着峭壁下的山谷,仿佛还在向着来犯之敌开炮,云雾蒙蒙,好像炮弹炸开的烟雾。

黄洋界,海拔 1343 米,居高临下,扼守山口,极为险要。当年红军就是在这里大摆"空城计",以一个连打退敌人一个团的进攻,如今这里还有一尊红军当年使用的迫击炮,站在这里,仿佛让人看到当年战场上的硝烟,进入到"黄洋界上炮声隆"的境界。毛泽东获悉黄洋界保卫战的胜利喜讯,诗兴骤起,欣然命笔,写下了具有重要的军事、政治和历史意义的史诗《西江月·井冈山》:"山下旌旗在望,山头鼓角相闻。敌军围困万千重,我自岿然不动。早已森严壁垒,更加众志成城。黄洋界上炮声隆,报道敌军宵遁。"

我站在黄洋界哨口,凭山远眺,四周高山峡谷,蜿蜒起伏,险峻雄伟,一条深长的大峡谷隐隐约约在雾气中穿越黄洋界的山脊,直到远方。松杉和秀竹布满山岗,层林尽染,让我浮想联翩。这是英雄们战斗过的地方,这是英雄们牺牲的地方,这里也曾有过英雄的歌声,也曾有过英雄的笑声。踏在先烈的足迹上,我们已无从知道英雄的名字,但是我们都能感受到他们流淌的鲜血正沿着我们的双脚流向我们的心脏,输送给我们井冈山的精神。

"井冈山是革命的山、战斗的山,也是英雄的山、光荣的山。大革命时期,这里有过三个党员重建党组织的故事,也有过一支枪也要坚持闹革命的传说。革命先驱张人亚,在大革命低潮时期,不顾个人安危把首部党章等珍贵文献送往乡下老家保藏。为了保存革命的力量,即使面对无尽的苦难,信念坚定的共产党人依然坚贞不渝;有了革命的火种,只要条件允许就会发展成为燎原之势。"井冈山上,一位80高龄的老红军听说了张人亚的故事,由衷感叹道。

离开了黄洋界,我们一行驱车前往井冈山革命博物馆。博物馆建在茨坪,馆内展出的是红军在井冈山战斗两年多来的人物图片和故事。让我没有想到的是,仅两年多的岁月,这里有这样多的故事发生,可见当年是怎样蓄起一片片星星之火。战士们穿行在山涧密林之中,生活在困苦卓绝之际,战斗在敌人的围剿之中。走进井冈山,就好像逆着时光回溯到当年,虽然一切都是艰苦的,但是他们的心里装着解放全国工农群众的凌云壮志。就如井冈山的竹子,根连根地串燃起星星之火,至今不灭。

在井冈山革命博物馆里,我透过那大量的历史文物和翔实的历史资料,仿佛又回到了那战火纷飞的革命年代。井冈山革命者,在中国共产党武装革命斗争的初期,在物资极其匮乏、生活极端艰苦、革命力量如此单薄的情况下,面对强大的反动势力的围剿,坚定信念,殊死斗争,使井冈山革命的星星之火成为燎原之势,在中国大地熊熊燃烧。没有无数革命先烈抛头颅、洒热血,哪有我们今天的幸福生活,哪有我们日益发展强大的祖国?

接下来,带着对革命烈士的景仰,我们瞻仰了井冈山革命烈士陵园。这里地势高峻,依山而建,井冈山牺牲的先烈们的英灵就长眠在这里。参观和祭拜陵园,使我的心沉重似铅。长眠于地下的烈士们,他们的精神鼓舞着后来者勇往向前,他们是革命的先锋号,他们是革命的长明灯,他们是革命的奠基石,为了大同的世界,为了人民的翻身,他们不惜浴血奋战,英勇献身。

陵园的高处还有一座井冈雕塑园。我们瞻仰了17位井冈山斗争时期的主要领导和烈士雕塑之后,在向下走来的路上,有一条长长的碑廊,镌刻着数不清的题词和诗作。其中,我看到了《谁是最可爱的人》作者魏巍先生的一句话:"上井冈山伟大,下井冈山伟大。"是的,不忘峥嵘岁月,铭记先烈功勋,弘扬伟大精神。回顾那段激情燃烧的岁月,即使时光已然流逝,斯人已去,但先辈们崇高的品格、坚定的信念、远大的理想却在不断激励着我们前行。

"红船所代表和昭示的是时代高度,是发展方向,是奋进明灯,是铸就在中华儿女心中永不褪色的精神丰碑。我们的'红人'张人亚,誓死保护首部党章和重要文件,兢兢业业带病工作,用一生守护马克思主义信仰。先辈的精神基因在血与火的革命岁月淬炼,在改革建设的新时代延续。它折射的理想信念、革命精神、家国情怀,沉淀为新时代先进文化的重要特质,转化为砥砺前行的力量源泉。"

秀水泱泱,红船依旧;时代变迁,精神永恒。

从江西红色革命老区返回宁波北仑,我带着女儿来到了嘉兴南湖,跟她这位团员青年一起感受这里的红船精神。1921年的那一天,南湖红船见证了中国共产党诞生这一开天辟地的大事件。有人说,那些具有重大意义的历史时刻,宛如整个天空的雷电聚于避雷针的尖端。闪电划过,惊雷炸响;疾风烈火,碧血丹心。

"红船所代表和昭示的是时代高度,是发展方向,是奋进明灯,是铸就在中华儿女心中永不褪色的精神丰碑。我们的'红人'张人亚,誓死保护首部党章和重要文件,兢兢业业带病工作,用一生守护马克思主义信仰。先辈的精神基因在血与火的革命岁月淬炼,在改革建设的新时代延续。它折射的理想信念、革命精神、家国情怀,沉淀为新时代先进文化的重要特质,转化为砥砺前行的力量源泉。"漫步在南湖边上,远望红船,我深为感慨。

党的十九大后，习近平总书记率领新一届中央政治局常委专程来到上海党的一大会址和嘉兴南湖红船，沿着革命先驱的足迹，追寻一路走来的根脉，探寻我们党的精神之源。他在南湖发表的重要讲话中指出，只有不忘初心、牢记使命、永远奋斗，才能让中国共产党永远年轻。只要全党全国各族人民团结一心、苦干实干，中华民族伟大复兴的巨轮就一定能够乘风破浪、胜利驶向光辉的彼岸。

初心如磐，使命如山。中国共产党人的初心和使命，就是为中国人民谋幸福，为中华民族谋复兴。为什么不能忘记初心？这是我们党长盛不衰、枝繁叶茂的动力源。

暮色苍茫，我们登上南湖红船，钻进窄窄的船舱，看着眼前这简朴的摆设，历史仿佛重现眼前。1921年7月23日，中国共产党第一次全国代表大会在上海秘密召开。会议临近结束时，遭法租界巡捕的袭扰而被迫停会。根据上海代表李达的夫人王会悟的建议，8月1日会议转移到嘉兴南湖一艘画舫上继续举行。在这艘画舫上，会议通过了中国共产党的第一个《纲领》和第一个《决议》，并选举了党的中央局领导机构，宣告了中国共产党的诞生。这艘画舫因而获得了一个永载中国革命史册的名字——红船。

1959年10月1日，南湖革命纪念馆成立，以湖中岛上的烟雨楼作为馆址，按照当年中共一大代表乘坐的画舫船样式仿制的革命纪念船，停靠在烟雨楼下万福桥旁。这艘一大纪念船被人们亲切地称为"南湖红船"。

"共产党万岁！世界劳工万岁！第三国际万岁！共产主义万岁！"站在红船上，轻抚这些简陋的设施，我仿佛听到了早期共产党人发出的时代强音。一个大党诞生于一条小船——红船,我们党的母亲船,见证了中国共产党成立这一开天辟地的大事件,成为中国革命源头的象征。

2005年,习近平同志首次总结概括了红船精神:中国共产党沿着红船的航向,以开天辟地、敢为人先的首创精神,始终站在历史和时代发展的潮头;中国共产党扬起红船的风帆,以坚定理想、百折不挠的奋斗精神,矢志推动中国革命和建设事业不断前进;中国共产党载着红船的意愿,以立党为公、忠诚为民的奉献精神,努力维护好、实现好、发展好最广大人民的根本利益。

"一路走来,红船精神点燃了中国革命的星星之火,感召着一代又一代中国共产党人不惧风吹雨打,穿越惊涛骇浪,甘洒热血为中国人民谋解放、为中华民族谋复兴。我们的党也从弱小到强大,从九死一生到蓬勃兴旺,成为世界上最大的执政党。"

"同时,红船精神丰富了中国共产党人的精神图谱,具有超越时空的恒久价值和旺盛生命力。这是一条绵延长存的精神航道——红船精神同井冈山精神、长征精神、延安精神、西柏坡精神等一道,共同构成了中国共产党人强大的精神力量和宝贵的精神财富。"望着潋滟的湖水,我给女儿讲述着红船精神,她不时地点点头。

夜色降临,我们从船上下来,体验到这里绿水青山就是金山银山的变化。放眼望去,秀丽的青山,微澜的水纹,不仅耀映天空,更荡涤心灵。想起白天走过的月河,河依着城,城护着河,它在城中就像一位世纪老人,一生守护家园。那里融合小桥、流水、人家,在编织着水乡的传奇。此时,河埠的岸边,有一艘小船,在摇动着桨影的波纹,荡起一圈又一圈的涟漪,仿佛在讲述着美丽金山故事。清的水、绿的树,再加上河边的博物馆,它们在展现美的同时,也演绎着文化的传承。

在湖的南面是高耸的南湖纪念馆,气势宏伟。上面"南湖革命纪念馆"七个大字刚劲有力,显示着我们勿忘追随的决心。我们拾级而上,发现馆里面陈列着党的列次代表大会的决议与国家的各个发展历程。让人震撼的是,当时的一群时代青年担负起了抗日救亡的重任,"新青年""湘江评论"等等大事记,虽然岁月远去,但光芒丝毫不减当年,沿着他们的足迹,我们一步步走向了胜利的彼岸,并引发了巨变。诞生的新中国就像新生婴儿一样,奇迹在不断发生,第一颗人造卫星、天眼、量子、北斗等等,让世界注目中国,中国也正在改变世界。正如毛主席所说一样:"中国共产党的诞生,使中国的面貌焕然一新。"

沉思间,当我们走到正门,便看到了"不忘初心,牢记使命"八个大字,虽然已是晚上,但在灯光的照耀下,依然熠熠生辉。大门两边矗立着印有先锋典型事迹的柱子,首先映入眼帘的是做一颗永不生锈的螺丝钉——"雷锋",走在他们中间,犹如在倾听着他们的对话:"做个什么样的人呢?"这是时代的拷问,也是时代的所需,同时它更需要我们随时做好应答。就像那艘停泊于万福桥边的红船,在90余年间,它虽静卧,但从没远离人民视线,一直"红流"涌动,湖南的党员来了,四川的党员来了,全国的党员来了……一支支队伍带来的是信念,宣示的更是力量。

走上小桥,极目远眺,远的山、近的楼,一样光彩夺目,只因为我们一路寻访的"红人"张人亚的革命精神,在"红船精神"这里找到了答案。"开天辟地、敢为人先的首创精神,坚定理想、百折不挠的奋斗精神,立党为公、忠诚为民的奉献精神",这是一代代共产党人的精神追求,需要我们不忘初心,躬身践行!

"张人亚每时每地都服从党的安排,在白区和苏区都兢兢业业工作。虽然年代久远,很多材料已经难以发现。但可以看出来的是,他从来没有考虑过自己,心里始终怀着革命的理想和信念——为劳苦大众谋幸福、为共产主义而奋斗,虽然知道路途遥远、生命短暂,但矢志不渝、殒身不恤,用生命承担着使命。也正是这种精神成就了共产党和其他任何政党不同的特质:没有自身的利益,全心全意为人民服务。"

一路寻访得知,张人亚是中共早期共产党员,中央苏区检察工作和出版发行事业的重要领导者,上海金银业工人运动领导人……为了对革命先驱张人亚的历史地位进行全面的科学的评价,我们寻访的最后一站,选在了北京。

在北京高楼林立的街头,一座悬挂着"实事求是"的醒目标牌的办公大楼高高矗立着,这里是中共中央党史研究室。"《红色中华》上刊登的悼词,提到张人亚对待革命工作是坚决努力,刻苦耐劳,是最勇敢坚决的革命战士。他用一颗丹心守护初心,作为一名普通党员,有这样的信仰和追求,非常难能可贵!"中央党史研究室第一研究部副主任王相坤,在获悉张人亚的革命事迹后,深为感慨地表示。

"来到上海党的二大纪念馆，最引人注目的就是介绍第一部党章如何保存下来的纪录片，里面详细介绍了共产党员张人亚在大革命失败后保护党的重要文献，特别是第一部党章的事迹。习近平总书记在十九大结束后带领新一届中央政治局常委到上海瞻仰一大会址时，就询问了张人亚的情况，中央电视台焦点访谈栏目专门以'总书记之问'为题，进行了报道。"同行的宁波市委党史研究室副主任傅晓在讲述张人亚的事迹。

"大革命失败时，我们共产党人在毫无防备的情况下被自己的合作者大肆屠杀。那时提出的口号是'宁可错杀一千，也不可使一人漏网'，上海、武汉等大城市的党的组织被破坏殆尽，白色恐怖笼罩着大地。就是在这样的情况下，张人亚冒着生命危险，带着中共党的二大通过的党章以及其他重要文献回到家乡霞浦，嘱咐自己的父亲一定要保护好这些重要的文献。"

"现在我们无法想象张人亚的父亲为了保存好这些文献动了多少脑筋，最后老人想到了一个最安全的办法，那就是假装自己的孩子已不在人世，从而修了一个衣冠冢，把党章等重要文献埋藏其中。在当时，保护这些文献要冒生命危险；并且，这部党章是当时唯一的中文版本。当时的环境，我们党的党章都要用俄文、英文来写，从这里可以看出所保存党章的珍贵和为理想而出发时的艰辛。"

窗外凉风习习，浓密的树叶轻轻摇曳着。明净的会议室里，大家沉浸在张人亚的革命事迹中，心情久久不能平静。

"从我们走访和收集的材料看，在大革命失败后，张人亚不仅保存了党的重要文献，而且还参加了很多重要的革命活动。在'风生白下千林暗'的氛围下,1930年,张人亚受党中央委派,到芜湖开金店,为党的活动筹集经费,同时战斗在秘密战线为党工作。虽然没有钱壮飞、郭汝瑰、熊向晖、沈安娜、张露萍等战斗在敌人心脏里的英雄们那么感人,但也足以反映共产党人的风骨。"

"由于革命需要,1931年初张人亚从芜湖回到上海。仅仅半年后,由于安徽党组织被破坏,省委主要领导牺牲,张人亚受中央委派,到芜湖担任中心县委书记,实际上担负起省委书记的重任。那时的芜湖是国民党统治的中心,据说宋美龄的一次重病是在芜湖的一家医院治疗的。张人亚虽然不能说战斗在敌人的心脏里,也是战斗在敌人的营盘里。记得周恩来总理在逝世前夕还一再叮嘱不要忘记那些战斗在秘密战线的人,可以想象秘密战线多么重要,同时秘密战线的工作有多么艰难。"

傅晓的讲述还在继续,我的思绪飘飞到了那些战火纷飞的岁月。1931年12月底,张人亚奉命离开芜湖,转道上海赴瑞金,担任中央苏区出版印刷业的领导人,仅仅一年后因积劳成疾病逝于赴福建长汀途中,把自己短暂而光辉的一生定格在了34岁。

在当年,从瑞金到长汀这段路并不好走。两地相距50多公里,中间隔着几座大山,还要经过一段古驿道。这段名为隘岭关的古驿道,位于闽、赣两省交界处,有上千年历史,崎岖的古道上,寒风萧瑟,拖着病体的张人亚,艰难地行走着。

"局长,您歇歇吧,瞧这大冬天的,您满身虚汗!"同行的勤务兵递过来擦汗的手帕。

"我们才走10来里路吧,眼看着天就要亮了。给我根树枝做拐杖,无论风霜雪雨、酷寒交加,咱革命的脚步不能停啊!"寒冷的冬天,山路盖上了厚厚的叶子,两边的竹子都挂着冰霜,张人亚靠着路旁的雾凇喘了口气。

"局长,还有很远的山路,天亮了,咱们还是找个地方歇息一下吧?"勤务兵望了望灰色的天空,提议道。

"长汀肃反,很多无辜党员和群众被错捕,这关乎我党的生死存亡,一刻都不能耽误!"张人亚喝了口水,强打着精神往前走。

天色渐渐亮了起来,荒郊古道上传来张人亚剧烈的咳嗽声。"局长,您怎么了?快醒醒!"长期高强度的工作,再加上苏区物资匮乏导致营养不良,此时的张人亚,倒在了他为之奋斗不息的革命事业上……

"张人亚每时每地都服从党的安排,在白区和苏区都兢兢业业工作。虽然年代久远,很多材料已经难以发现。但可以看出来的是,他从来没有考虑过自己,心里始终怀着革命的理想和信念——为劳苦大众谋幸福、为共产主义而奋斗,虽然知道路途遥远、生命短暂,但矢志不渝、殒身不恤,用生命承担着使命。也正是这种精神成就了共产党和其他任何政党不同的特质:没有自身的利益,全心全意为人民服务。"

听到这些掷地有声的话语,我们一行人的心灵感受到强烈的震撼,清晰地触摸到了张人亚作为中国共产党人,投身革命、血脉偾张的时代脉搏!追寻到了他对党忠诚、为国为民鞠躬尽瘁的赤诚初心!

怀着对革命先驱无比敬仰的心情,经中央党史研究室第一研究部领导和专家审阅同意,我们形成了对张人亚的历史评价:张人亚是中国共产党的优秀党员,中央苏区检察工作和出版发行事业的重要领导者,上海金银业工人运动领导人,为保存中国共产党第一部党章等党的早期文献做出了重要贡献。

为迎接又一个黎明的到来,我们一行人相约一起早起,去天安门广场上观看升旗仪式。晨曦初现,在雄壮、激昂的国歌声中,鲜艳的五星红旗冉冉升起,照亮了漆黑的夜空,唤醒了我们心中的热血和回忆。抬头望去,张人亚冒着生命危险保藏下来的首部党章、《共产党》月刊等,就存放于不远处的中央档案馆、国家博物馆,炽烈的信仰托起民族的希望,赤诚的初心闪耀着璀璨的光芒,为我们照亮前行的路。

泰戈尔说,图书馆是悄无声息的惊涛骇浪。接下来,迎着和煦的春风,我们走进中央党史研究室的图书馆,从书影中找寻革命先驱的奋斗足迹。

"叔翁办事,可当大局。""1931年何叔衡进入江西瑞金,在中华苏维埃中央临时政府中任检查部部长,委员有张人亚。"打开红色装帧的《何叔衡传》,一段充满热血的红色记忆不由得浮现在眼前:

寒冷的冬天,张人亚跟何叔衡一起走进群众、倾听民意,"乡亲们,大家对政府有什么意见,可以写信或者到我们这里来控告。""政府下了决心要整治贪污腐败和铺张浪费,保证队伍的纯洁。我们言出必行!"说话间,几个乡亲围拢了过来,"你们说的话可当真?告了真的管用?"

"人亚同志,咱们随时随地都要做到,不能对群众耍态度,要搞好和群众的关系，深入群众，了解真实情况。""对待违法乱纪、贪污腐化和消极怠工分子，就要对他们进行严肃处理。人民政府就要对人民负责！"聆听何叔衡的教诲，张人亚深深地铭记在心，检查中央政府各项方针政策执行情况，处理违法乱纪案件……湿冷的苏区，留下了他奔波忙碌的身影。

"为了帮助克服当时党内同事存在的右倾悲观情绪和'左倾'盲动思想，在河南路南京路口一家水果店楼上，她（邓颖超）召开了直属支部大会，讨论'五一'游行示威的意义。参加会议的有周恩来、邓颖超、恽代英、余泽鸿、沈葆英、张人亚等三十余人。"《邓颖超传》中，张人亚正在跟同志们一起过组织生活，"我们的力量愈壮大，帝国主义就愈发不敢动了！"听到这里，他的热血在激荡……

夜幕降临，回到中央党史研究室的招待所，大家梳理了一路寻访的收获，并对张人亚的革命贡献进行了总结提炼。

"通过调研，进一步厘清了相关史实，更加系统地掌握了张人亚同志的革命轨迹。对张人亚早期参加进步团体、领导工人运动的情况以及张人亚在党的秘密战线工作的相关情况有了更加深入的了解。同时，进一步明确了张人亚的重要贡献和历史地位。通过走访座谈，与安徽、上海党史部门和中央党史研究室的交流研讨，对张人亚为党和人民的革命事业所做的重要贡献和他的历史地位有了更加清晰的认识和定位。"

"一路寻访中，我们发现了一些重要史料。在中央党史研究室科研管理部了解到俄罗斯保存有张人亚在苏联留学时的档案资料，通过中央党史研究室，委托相关人员在莫斯科查到了这些珍贵的档案资料。在芜湖市委党史和地方志办公室查找到了1930年芜湖中心县委的档案卷宗,是研究张人亚的重要资料。"

根据寻访的历史资料,我们对张人亚一生的革命活动进行了梳理和总结,从中可以看出,他在短暂的革命生涯中为党和人民做出的重要贡献。

领导工人运动:张人亚早期在上海领导工人运动。其中1922年他领导的上海金银业工人大罢工影响最大、时间最长,共有2000多名工人参加,持续了28天。这是中国共产党成立后在城市举行的持续时间最长的工人罢工,在上海产生了极大反响。

领导地方党团工作:1922年5月至1923年9月,张人亚先后担任中国社会主义青年团上海地方执委会委员、书记。1923年9月以后,张人亚转到上海地方党组织领导工作。此后至1926年9月,他先后担任中共上海地委直属第二党小组组长、中共浦东支部联合干事会书记、中共浦东部委书记、组织部主任兼宣传部主任等职。大革命失败后的1931年,在中共安徽省委遭到破坏的情况下,张人亚临危受命,前往安徽担任芜湖中心县委书记,领导安徽沿长江及长江以南34个县党的工作。经过艰苦努力,他把零散的基层支部、小组建成组织系统,开创了新的工作局面。

在秘密战线坚持斗争:"四·一二"反革命政变后,张人亚在白色恐怖笼罩下的上海,从事党的秘密工作。1928年4月至1929年7月,张人亚先后担任中共中央组织局交通科内交主任、中共中央秘书处内埠交通科科长。1929年7月,张人亚受中央派遣,到芜湖开展秘密工作。他利用开设金铺做掩护,为党筹集和输送了大量活动经费。仅1930年6月和12月两次,就筹集和兑换黄金2707两。1930年底,张人亚奉命调回上海,担任中国革命互济会全国总会主任,在党的领导下开展反对白色恐怖、救济被压迫群众和革命战士等活动。

领导党的出版发行工作:张人亚一生的很多革命活动,都与党的出版发行事业相连。1922年11月,张人亚在党组织安排下,到商务印书馆同孚合作社工作,开始从事出版发行工作。1923年8月至11月,张人亚在中共中央机关报《向导》周报从事发行工作,广泛传播共产主义思想。1927年2月,张人亚任上海总工会机关报《平民日报》发行所负责人。1932年6月,张人亚在任中央工农检察委员会委员的同时,又担任中华苏维埃共和国中央出版局局长兼总发行部部长,同时兼代中央印刷局局长,领导中央苏区的出版发行事业。

保存党的珍贵文献:由于张人亚长期从事党的出版发行工作,他深知党的文献资料的重要性,平时十分注意收藏和保护党的文献。1927年冬,大革命失败后,张人亚冒着生命危险,携带着自己秘密收藏的中共第一部党章、《共产党宣言》中译本等数十件重要文献,在白色恐怖下悄悄潜回家乡宁波,把这批珍贵文献交给自己的父亲张爵谦,嘱托父亲要不惜代价保护好。全国解放后,通过种种途径寻找儿子张人亚未果的张爵谦老人,带人取出秘藏在墓穴中的文献,托付他的三儿子——张人亚的弟弟张静茂,把这批文献交还给共产党。目前,这批秘藏的文物分别由中共一大会址纪念馆、中央档案馆、国家博物馆珍藏,共有国家一级文物21件、二级文物4件、三级文物9件及部分未作评级的珍贵文献。

为迎接又一个黎明的到来,我们一行人相约一起早起,去天安门广场上观看升旗仪式。晨曦初现,在雄壮、激昂的国歌声中,鲜艳的五星红旗冉冉升起,照亮了漆黑的夜空,唤醒了我们心中的热血和回忆。抬头望去,张人亚冒着生命危险保藏下来的首部党章、《共产党》月刊等,就存放于不远处的中央档案馆、国家博物馆,炽烈的信仰托起民族的希望,赤诚的初心闪耀着璀璨的光芒,为我们照亮前行的路。

此心不忘,方知使命,方能担当,方得始终!

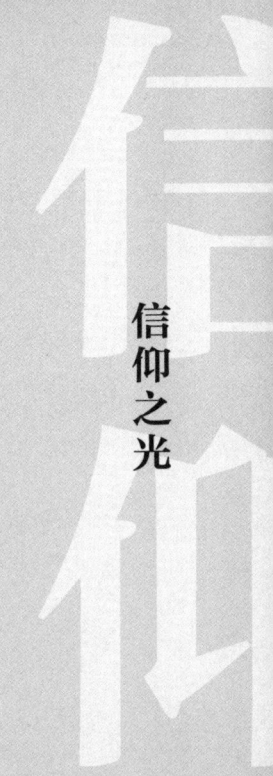

信仰之光

命

1 "学好新党章,就是对张人亚同志最好的纪念"

中国共产党员的含意或任务,如果用概括的语言来说,只有两句:全心全意为人民服务,一切以人民利益作为每一个党员的最高准绳。他的目的是要实现社会主义、共产主义。根据马克思列宁主义的原则,中国在过去民主革命没有完成的时候,首先要完成资产阶级民主革命,民主革命完成以后,现在要建设社会主义,将来再由社会主义发展到共产主义。这样就能把中国人民引导到完全脱离剥削和压迫的社会,建设共产主义的幸福生活。党的任务是要一步一步地提高党员的觉悟,使他们在思想上行动上成为名副其实的共产党员。中国共产党把这一个任务作为自己的经常任务。

——选摘自《邓小平文选》

"张人亚同志投身革命的忠诚品德和坚定意志让人肃然起敬。斯人已去,风范长存,我们要以习近平新时代中国特色社会主义思想为指引,以革命先驱的光辉榜样为旗帜,大力宣传张人亚不忘初心、牢记使命的红色精神,着力打造弘扬传统、砥砺前行的红色阵地,继承发扬一心向党、绝对忠诚的红色基因,要不忘初心、牢记使命,干在实处、走在前列、勇立潮头,在加快建设名城名都的新征程中展现党员干部应有的担当和作为。"

霞浦街道新浦老屋,坐落在街道中心的新浦社区。走进这里,目光所及,老旧的窗格、雕刻精致的花窗,依然在现实生活中发出暗沉的光泽;被风霜腐蚀的门把手上,存留有祖祖辈辈掌心的温度。檐牙高啄、青砖黛瓦,这座建于民国时期的三合院式建筑,犹如一位大家闺秀,隐藏于古木掩映之下。

2017年12月1日的新浦老屋,格外引人注目。这一天是张人亚党章学堂揭牌的日子,这里,因"红色因子"的注入,被赋予了新的内涵。党章守护者、宁波早期共产党员、上海金银业工人运动领袖、中华苏维埃中央出版局局长……一段段鲜为人知的革命先驱故事,在这座上百年的三合院式建筑里被娓娓道来。

"张人亚作为宁波早期的共产党员,中共现存第一部党章守护人,他的精神体现了共产党员一心向党的初心本色,他的事迹体现了共产党员的使命担当,这是共产党人为党的事业无私奉献的生动写照。"揭牌仪式中,宁波市委常委、组织部部长钟关华为张人亚党章学堂授"宁波市党员教育示范基地"牌匾,他强调,张人亚党章学堂作为全市首家授牌的党员教育示范基地,不仅是我们开展党员教育的重要课堂,更是我们共产党人"弘扬传统、砥砺前行"的红色阵地。

时光回溯到2017年4月,霞浦街道党工委把挖掘张人亚红色文化资源,打造"张人亚红色文化品牌"作为"大脚板走一线,小分队破难题"攻坚项目。半年多的时间里,从考证张人亚的革命事迹到复制收集珍贵文物,再到张人亚党章学堂正式揭牌迎来首批党员,一路走来,故土上的家乡人民,一直期待着张人亚的精神"回家"。

"党章学堂是每位党员的精神家园,张人亚的故事让我们不忘初心、牢记使命。"霞浦街道党工委书记胡斌介绍,张人亚党章学堂通过"学、视、听、读、宣、做"六位一体的方式,着力打造学党章、看红片、听党课、读先驱、温誓言、践服务的"红色阵地",为区内外的党员们提供了一个守望先驱精神、传承先驱遗志、尊崇践行党章的"开放式组织生活基地"。

信步在清幽、古朴的新浦老屋,进院可见的党章宣示墙,犹如一道红色的指引,带领人们回望初心、守护信仰。走进党章学堂,展览室里依次陈列着"张人亚与党章的故事""中共历次党章制定及修正简况"和"张人亚的革命历程"等内容。凝神注视陈列柜中那36件中共一大会址纪念馆复制的书籍、报刊,仿佛惊心动魄的革命先驱的故事扑面而来。

1927年4月12日,蒋介石悍然发动上海"四·一二"政变,严重的白色恐怖笼罩着上海滩,"宁可错杀一千,不可放过一个"。当时,宁波的白色恐怖并不比上海轻微,在码头上随便走走,就有可能被认为有嫌疑而当场枪杀。在这样的环境下,张人亚首先考虑的不是自己的生命安危,而是我党重要的革命文献。

平常,张人亚就喜欢看书,也有意识地保留图书等重要物品,其中以马克思列宁主义著作的中译本居多,还有一批"二大""三大"会议决议等秘密文件,并常常在这些马列主义书籍的封面盖上"白青水"的印章。1922年7月,中国共产党第二次全国代表大会在上海秘密举行,大会制定了党的最高纲领和最低纲领,通过了第一部《中国共产党章程》和一系列重要决议案。会后,党中央把党章、决议等共计十个文件印在册子上发给党员。作为1922年11月入党的中共党员,张人亚也保存了一本。

眼下该如何保藏这些珍贵的文件资料?张人亚在房间里冥思苦想,突然灵机一动:放到老家霞浦去,那里有淳朴的乡亲和深明大义的父亲,父亲一定能够理解,这是我看得比自己的生命还要重要的东西!这么想着,一个冬日的午后,他悄悄地带着一大包文件书报,返回了霞浦老家,托付父亲代为收藏,然后回到上海投入了隐蔽战线工作……

"张人亚同志投身革命的忠诚品德和坚定意志让人肃然起敬。斯人已去,风范长存,我们要以习近平新时代中国特色社会主义思想为指引,以革命先驱的光辉榜样为旗帜,大力宣传张人亚不忘初心、牢记使命的红色精神,着力打造弘扬传统、砥砺前行的红色阵地,继承发扬一心向党、绝对忠诚的红色基因,要不忘初心、牢记使命,干在实处、走在前列、勇立潮头,在加快建设名城名都的新征程中展现党员干部应有的担当和作为。"钟关华部长表示,举行张人亚党章学堂揭牌暨《初心印记》专题片首发仪式,既是学习贯彻十九大精神的实际举措,又是对革命先驱的最好纪念。

在肃静的党章展厅里,循环播放着电视专题片《初心印记》,向每一位党员讲述着张人亚的革命事迹。我们看到,在上海领导工人运动,他冲在了队伍的最前面;到芜湖开展秘密工作,他利用开设金铺做掩护,为党筹集和输送了大量活动经费;在瑞金领导中央苏区的出版发行事业,出版发行《红色中华》等报刊,他夜以继日,为传播马克思主义信仰鞠躬尽瘁,死而后已……

张人亚党章学堂揭牌仪式后,党员们带着"初心",认真地观阅了每一件历史资料。"看到中共二大到十九大党章历次的制定与修正情况,体现了我们党符合时代要求、顺应党心民心,我们要以十九大精神为指引,学习党章、遵守党章、贯彻党章、维护党章,把党章规定落实到各项事业中。"

"最让人激动的是看到了中国共产党第一部党章,在小册子上盖有'张静泉"人亚"同志秘藏山穴二十余年的书报'的印章。"党员们表示,看到这些珍贵文物让人心潮澎湃,他们被革命先驱一心为党的坚强意志深深感动着。

红色守护,一生信仰,作为"最勇敢坚决的革命战士",张人亚用忠诚和担当诠释了共产党人的初心和使命。追根溯源,追寻红色足迹;深入挖掘,再现初心印记;砥砺前行,传承人亚精神……满怀着对革命先驱的崇敬和感佩之情，我走出了张人亚党章学堂，回望大门上"不忘初心，牢记使命"几个大字，它们如同激越奋进的号角，指引着每一个赶路人。

"共产党人张人亚是始终不渝坚持共产主义理想、信念的典范。在上海，张人亚目睹中外反动势力欺压人民，产生反抗意识。他阅读进步书刊，接触革命人士、革命思想，萌生革命要求。他具有一定文化和觉悟，引起革命组织关注。1922年，参加社会主义青年团，同年加入中国共产党，确立为共产主义理想、信念奋斗终身的目标。"

以梦为马，不负韶华。随着张人亚党章学堂的正式揭牌，很多单位抱着朝圣的心情，纷纷赶来学习新党章，在守望先驱精神中，传承先驱遗志，尊崇践行党章。

"张人亚作为宁波早期中共党员，中共第一部党章的守护人，他的精神和事迹彰显了共产党员的初心本色和使命担当，是宝贵的红色资源和精神财富。"北仑区五套班子领导成员在张人亚党章学堂参观学习时纷纷表示，作为党员干部，要继承发扬张人亚这种可贵的红色精神，不忘初心、牢记使命，加强党性修养，强化"四个意识"，坚定"四个自信"，自觉践行习近平新时代中国特色社会主义思想，在北仑奋力跻身全国一流强区最前列和创建"一带一路"建设综合试验区核心区的崭新征程中，做出自己的贡献。

"我志愿加入中国共产党,拥护党的纲领,遵守党的章程,履行党员义务……"北仑区第十二期中青年干部培训班的第一课,安排在了张人亚党章学堂,全区40多名中青年干部瞻仰英雄事迹,缅怀先烈精神,重温入党誓词。大家表示,要把党的光荣历史作为砥砺前行的宝贵财富,把党的优良作风作为应对挑战的重要法宝,从"心"出发、重新出发,点燃激情、奋发进取,走好新时代的伟大征程。

"学好新党章,就是对张人亚同志最好的纪念!"原中国人民解放军总司令朱德元帅之孙、空军少将朱和平一行来到张人亚党章学堂,参观学习中共党章演变历史以及张人亚参加革命的先进事迹,朱和平一行对张人亚的革命事迹边听边看,仔细研究探讨张人亚冒着生命危险保存党章等重要历史文献的曲折故事,用心领悟张人亚为党为革命事业的良苦用心……

"从上海金银业工人运动领袖到中央工农检察委员会委员,再到中华苏维埃中央出版局局长,虽然职务变化,但张人亚为革命付出的初心从未改变。张人亚为什么要视死如归地守护党章,因为他有一颗初心,他的精神也是我们前进的动力……"当我又一次走进张人亚党章学堂,这里正在进行"传承红色信仰"主题宣讲比赛,霞浦街道基层党团工作者再次聚首,谈感悟说体会,为新一年的工作注入新的"红色动力"。

霞浦街道党工委委员虞伟介绍,自张人亚党章学堂揭牌以来,看红片、听党课、读先驱、温誓言、践服务的"红色阵地",吸引了众多党员前来参观学习,感悟"初心"。漫步在党章学堂,我发现这里已有了新的改造提升,学堂展厅、初心学苑、霞浦会堂、人亚广场(铜像)四个板块的展示，使得已是宁波市党员教育示范基地、宁波市干部教育培训现场教学示范基地的党章学堂，更具主题教育功能；而布置清雅的"人亚·家""人亚·匠""人亚·益""人亚·融"四大板块的传承实践基地，让人亚精神在这里得到延伸践行。

"共产党人张人亚是始终不渝坚持共产主义理想、信念的典范。在上海，张人亚目睹中外反动势力欺压人民，产生反抗意识。他阅读进步书刊，接触革命人士、革命思想，萌生革命要求。他具有一定文化和觉悟，引起革命组织关注。1922年，参加社会主义青年团，同年加入中国共产党，确立为共产主义理想、信念奋斗终身的目标。"循声走进霞浦会堂，中共中央党史研究室宣传教育局副局长薛庆超，正在做《坚定宗旨信仰，弘扬奋斗精神》的主题演讲。

"张人亚最初的革命活动，运用熟悉金银业的工作经验和社会联系，主持上海金银业工人俱乐部，领导上海金银业工人运动。罢工宣言，揭露资本家对工人的剥削和压迫，指出罢工是被逼迫的，俱乐部是工人的第二生命，必须誓死捍卫之。上海金银业俱乐部动员2000多名工人，坚持28天罢工，取得部分胜利，工人们由此看到了团结和斗争的力量。"薛局抑扬顿挫的演讲，把大家带入到了激情奋战的罢工场景中，在座的上百位党员同志屏住呼吸，沉浸在张人亚一心为民的革命精神中。

带着激情飞扬的心情，我走进初心学苑一睹风采时，一跨进大门，就被满墙的初心寄语吸引住了，"初心永驻，做百姓的好女儿""用心保平安，用情暖民心""做一个对身边人有益有用的人""将开展志愿服务当作自己最幸福的事业，让每个求助都得到满意的解决""党员之所以有别于普通群众,就是要以身作则,永远要走在群众的前面,做好排头兵"。

这是北仑区基层党建工作者的心声,也是一群服务于群众的党员的座右铭。目睹这些激情洋溢的话语,我的眼前闪现出身边的党员们悟初心、践使命的画面。

1993年入党的大港社区服务中心主任朱红明,这些年来,对待每一份工作,都时刻不忘入党初心:对党忠诚,积极工作。当初就任时,社区企业有300多家,9万员工有3万居住在位于企业内的宿舍;别的社区服务的都是居民,大港社区服务的却是企业和职工,而且这里还是全国第一个采用社区方式服务工业园区的地方,没有可借鉴的经验。

白天,她和社工们一家家走访企业,听取意见、挖掘骨干、解决问题;晚上,回到办公室理思路、定方案、开座谈会、组织活动,经常加班到深夜。在3个月里,社区建立起厚厚的企业"家谱",出面解决各类问题100多件,使企业家和企业职工对他们的态度从原来的不接纳到开始认同。

那段时间,早出晚归地跑企业,成了朱红明的家常便饭,一家家企业的保安常常见到一个娇小的身影,拿着笔记本、文件袋进进出出,汗水挂在脸颊上,也来不及擦拭一下;大港社区的办公楼里,也常常会有一盏灯深夜还亮着,透过玻璃窗,依稀会看到一个忙碌的身影在晃动,她一会儿在托腮思考社区的工作方案,一会儿在埋头书写每一家企业的需求……"北仑的优秀儿女张人亚,对待每一份革命工作都是尽心尽力、恪尽职守,作为社区管家的我,当家就要管好这个家！"

沉思中，我的思绪回溯到了2015年的冬天。天色还未蒙蒙亮，60多岁的陈杏娣推着一辆略显破旧的蓝色三轮车，为彻夜排队购买春节车票的人们送上一碗碗白粥、一杯杯姜汤。从队首到队尾，她挨个儿递上米粥，不断重复着取杯、盛粥、加榨菜、递粥这四个动作。

"我今年入党了！"陈杏娣在队伍中发现了我，一边盛粥，一边兴奋地对我说，"在党旗下宣誓时，我的心里别提多激动了。这些年，我一直信仰共产党，是共产党给了我们当家做主的新生活。我要向先进党员学习，像人亚一样，全心全意为人民服务，这就是我的初心。"我抬头望向她，她的脸上有一道光，我知道，这是信仰的光芒……

"《共产党宣言》昭示我们，共产党人的初心，就是为人民谋幸福，为民族谋复兴。中国特色社会主义新时代，要不忘初心、牢记使命，坚定理想信念，学习贯彻十九大精神，为实现中华民族伟大复兴的中国梦而奋斗。"坚定宗旨信仰，弘扬奋斗精神！霞浦会堂的主题演讲还在继续，而我们，也将继续不忘初心，追随革命先驱遗志，脚踏实地、矢志拼搏，谱写决胜全面建成小康社会的壮丽篇章。

2 "接过先驱的革命火种,弘扬信仰的力量"

当代青年是同新时代共同前进的一代。广大青年既拥有广阔发展空间,也承载着伟大时代使命。每一个青年都应该成为社会主义建设者和接班人,不辱时代使命,不负人民期望。广大青年要忠于祖国、忠于人民,了解中华民族历史,秉承中华文化基因,有民族自豪感和文化自信心,把自己的理想同祖国的前途、把自己的人生同民族的命运紧密联系在一起,扎根人民,奉献国家。要立鸿鹄志、做奋斗者,培养奋斗精神,做到理想坚定,信念执着,不怕困难,勇于开拓,顽强拼搏,永不气馁。要求真学问、练真本领,通过学习知识,掌握事物发展规律,通晓天下道理,丰富学识,增长见识,更好为国争光、为民造福。要知行合一、做实干家,面向实际、深入实践,严谨务实、苦干实干,在新时代干出一番事业。

——选摘自《中国教育报》"习总书记对青年寄语"

"'传承红色火种'小分队要牢记各自的不同使命,以重走张人亚的革命之路为契机,去触摸鲜活的革命历史,感悟革命先驱的崇高精神,搭建起现代人与红色年代的情感之桥,做好线上线下的弘扬、宣讲、传承三大篇章,全方位唱响张人亚红色文化品牌的主旋律。"

艰难困苦,玉汝于成。

为让"两学一做"学习教育常态化制度化再添标杆,让信仰的火种在这一代年轻人中点燃,2017年9月,北仑区委组织部协同宁波日报、霞浦街道专题策划了"喜迎十九大——党章守护人张人亚的故事"系列活动,组织了一个"传承红色火种"小分队,赴上海、瑞金探寻张人亚的革命足迹。

"'传承红色火种'小分队要牢记各自的不同使命,以重走张人亚的革命之路为契机,去触摸鲜活的革命历史,感悟革命先驱的崇高精神,搭建起现代人与红色年代的情感之桥,做好线上线下的弘扬、宣讲、传承三大篇章,全方位唱响张人亚红色文化品牌的主旋律。"在9月24日的动员会上,北仑区委组织部副部长、区委两新工委书记江智灵向小分队成员阐述了此次专题活动的核心要义。

搭乘"时光列车",让我们跟随"传承红色火种"小分队的脚步,一起出发与信仰对话吧!

位于北仑区霞浦街道霞南村的张人亚故居,是一个古朴、清雅的四合院,"传承红色火种"小分队此行的第一站选在这里,是为了找寻那段跨越一个世纪鲜为人知的历史。

走进桂花飘香的四合院,"传承红色火种"小分队的团长贺霁颇为感慨。作为霞浦街道文化站的站长,她表示,第一次听说张人亚的革命事迹,心情非常激动,"那天,张人亚耄耋之年的侄子张时华拿着厚厚一塑料袋的材料来找我。我们身边,有这样一个革命先驱榜样,我激动得一夜没合眼!"

听了张人亚的事迹,贺霁深受触动,第一时间跟着张时华去了张家祖宅。"在这个小小的四合院里,张人亚跟着他的启蒙老师张晚荷,接受新式教育和进步思想,理解反帝反封建的深刻含义。在院门前的大晒谷场,张人亚跟着一名有留日经历的体育老师,进行体育锻炼。"

放眼望去,这座四合院的西侧,就是张家曾经的老宅,居住了十多口人;东南角,原先住的是村里的清末秀才、接受了新思想的张晚荷一家。当年,霞浦学堂(今霞浦小学前身)因宗族中老派人士的反对而改迁于此。

时光回溯到一个世纪前,霞浦的很多村子,还是自给自足的小农经济,农民只关心今年的收成和明年的口粮,读书被认为毫无用处。好在张人亚有一个开明的父亲张爵谦,他是村里第一个剪掉了辫子的。为了让子女尽可能读书识字,张爵谦不顾生活拮据,将品学兼优的张人亚送到当时的镇海县立中学读高小。

"张人亚一家有着良好的家风,也有着红色基因。正是这样有觉悟有胆魄的父亲,把张人亚送回的党章藏在了衣冠冢里,为我党守护了珍贵的革命文献。"抚今追昔,在四合院里踱步,霞浦街道团委副书记贺静丹感慨地说。

在院子一楼的故居展厅里,简要地展示着张人亚的革命事迹:在风云变幻的形势下毅然入党,在生命危急关头保护党的事业,为信仰奋斗到最后一刻直至病死他乡……大家驻足浏览,不觉陷入沉思中。

这群由年轻党员组成的"传承红色火种"小分队的成员,有本地的网络达人,有党校教师,还有街道的团干和媒体记者。步入张家老宅的二楼,看到张人亚组织上海金银业工人俱乐部的合影照片时,北仑区委党校教师戚家静深有感触:"从22岁入党到34岁牺牲,张人亚是他那个时代的年轻人,认真学习、勤奋上进,对待革命工作谨慎负责而又热情执着。他的一生虽然短暂,却熠熠生辉。"

此时,窗外的桂花正摇曳生香,似在追忆那段久远的红色记忆。

第二天,带着对革命先驱的追思,"传承红色火种"小分队赶往上海市黄浦区。"张人亚是在16岁的时候,离开家乡来上海当学徒的。随后,在这里加入共产党,发起工人运动,逐步成为党组织早期的负责人之一。"一路上,小分队成员沉浸在张人亚的革命事迹中。

掩映在梧桐绿荫中的中共一大会址纪念馆,是一处由鲜红党旗簇拥着的圣地。在馆内展出的《共产党宣言》中译本原件前,"传承红色火种"小分队成员有些激动,一段跨越近一个世纪的历史,穿越时空扑面而来。

1927年,张人亚冒着生命危险将《共产党宣言》中译本带回老家,托付父亲张爵谦保管。张爵谦用油纸精心包好后塞进张人亚的衣冠冢里,珍贵文献得以保存。中华人民共和国成立后,张家人将其取出捐献给国家。

"大家现在看到的,是我们的镇馆之宝,《共产党宣言》中译本原件,是由张人亚保存的。"讲解员向参观者逐一介绍正在展出的馆藏文物——《共产党员宣言》《列宁传》《工钱、劳动与资本》……这些均为国家一级文物,在早期的马克思主义传播中起到了非常重要的启蒙作用。

大家看到,在陈列着毛泽东、董必武等一大参加者的展板下,已经泛黄的书册上印着一枚长方形红色印章,刻着"张静泉'人亚'同志秘藏山穴二十余年的书报"字样。

"那个时代的共产党人有个共同的特点,他们是思想的先行者,在思考探索中,看到了中国未来的方向;他们身上有着年轻人特有的那种生生不息、奋发向上的革命精神。"中共一大会址纪念馆陈列研究部副主任韩晶说。

20岁出头的张人亚,是我党早期成员之一。在上海,他领导发起的金银业工人大罢工,是当时历时最久、影响最大的罢工运动之一;他参与出版宣传工作的《平民日报》,成为当时在上海传播马克思主义的重要载体……目睹一件件珍贵文物,大家感受着坚定信仰带来的强大力量。

上海阳光正好,秋风轻轻吹拂树叶,马路两旁的法国梧桐沙沙作响。在中共二大会址纪念馆的党章陈列馆里,滚动播放着专题制作的"张人亚秘藏中共二大党章","传承红色火种"小分队成员第一次见到了张人亚那刚毅果敢的面容。

"党章是党的根本大法,是全党必须遵循的总规矩。作为每位党员必须认真研读的读物,党章演进修改的背后,见证了共产党一步步走向成熟,指引着中国革命、建设和改革事业不断前行。"中共二大会址纪念馆研究室负责人倪娜介绍道。

张人亚当年守护的,正是二大制定的第一部党章,目前馆藏于中央档案馆,全国范围内至今没有发现第二本。

年轻党员们在红色的党章墙前,沉思良久。"信仰的力量,源自革命先驱对共产主义事业的执着追求。作为早期共产党员,张人亚对共产主义抱有必胜信念,他相信革命必胜,所以不惜冒死保藏首部党章!"北仑电视台记者李迎春拍摄记录画面时,由衷地说。

"面对张人亚,我们作为当代的年轻党员,应该有所深思。他们这代革命先驱将自己最美好的人生献给了党、献给了人民,当之无愧地扛起了时代交给他们的责任。"大家纷纷表示,到今天,革命的火种传到了我们手中,需要我们将革命的火种继续传承下去,发扬革命精神、传承革命传统成为我们每一个党员的责任。

上海是中国共产党的诞生地,每一处革命遗迹、每一件珍贵文物、每一次历史介绍都是鲜活的教材,都能从中解读我们党的初心。一路走来,聆听革命先驱忠心为党的故事,大家脚下始终充盈着阔步前行的丰沛力量。

"当年党的领导干部生活作风非常简朴,和老百姓同吃同住同劳动。为了节省成本,原本配备的三叉油灯往往掐掉两头,只保留一头。长期在危险的环境、艰苦的条件下进行高度紧张、繁重的工作,张人亚最终积劳成疾。"

瑞金,一座由革命激情浸润血脉深处的红色故都,中华苏维埃共和国临时中央政府的所在地。

搭乘飞机转火车,途中经历火车转汽车,几经周折,"传承红色火种"小分队终于抵达了瑞金。"即使放在当下,从上海到瑞金依旧是一条不那么好走的路。可以想见,当年张人亚一路行来的艰苦。"面对沿途的窘迫行程,来自宁波市公安局北仑分局的民警焦程极为感慨。

瑞金是共和国摇篮,20世纪30年代,中国共产党领导创建以瑞金为中心的中央革命根据地(中央苏区)。1931年11月,第一次全国苏维埃代表大会在瑞金召开,中国历史上第一个全国性工农民主政权——中华苏维埃共和国临时中央政府在这里宣告成立。毛泽东、朱德、邓小平等老一辈无产阶级革命家,都曾长期在瑞金工作、战斗和生活过。

1932年6月15日,张人亚任中华苏维埃共和国出版局局长兼印刷局局长。从繁华的上海到瑞金,迎接他的是更为严峻的斗争形势,还有更为忙碌的工作状态。

"当年党的领导干部生活作风非常简朴,和老百姓同吃同住同劳动。为了节省成本,原本配备的三叉油灯往往掐掉两头,只保留一头。长期在危险的环境、艰苦的条件下进行高度紧张、繁重的工作,张人亚最终积劳成疾。"江西瑞金中央革命根据地纪念馆保管陈列部主任谢春勇介绍道。

静静的绵江河畔,绿树成荫,6米高的黄色楼房群落巍然矗立,这里是中华苏维埃共和国临时中央政府的所在地。站在中央苏区新闻展厅,贺霁惊喜地看到了张人亚的照片,那一刻,她觉得自己离革命先驱是如此的接近,历历往事仿若出现在眼前。

20世纪30年代初,由于长时间的经济封锁,瑞金苏维埃政权的生活条件特别艰苦,食盐、煤油、药品等稀缺,大家节衣缩食,为的就是供应前线。当时,张人亚所在的中央出版局负责整个中央苏区的新闻出版和发行业务,工作量大,同时还要指导地方编印发行工作,他马不停蹄奔赴各地指导工作,日夜操劳。

"张人亚主管苏区的出版、印刷、发行工作时间并不长,仅半年多,但就在这半年多的时间里,他组织出版、印刷、发行了一大批书籍报刊,为苏区的新闻出版事业做出了奠基性的巨大贡献。"叶坪景区讲解员正在细数往事。

在秋日恬淡阳光的映照下,"传承红色火种"小分队成员步入了出版局旧址,发现当年张人亚工作生活过的房间,木床、书桌、衣柜、餐桌、煤油灯等依然保持着几十年前的旧貌。物是人非,简朴的家具给人们的是一种强烈的震撼和无尽的遐思。

"三叉油灯掐掉两头,只保留一头。今天,当我看到这些实物,听着这些事迹,好像张人亚就坐在大家面前,正强忍着低热和咳嗽,在发奋地学习工作。"贺静丹说,一路寻访发现,张人亚力行节俭低调,白天不辞辛苦奔走劳动,晚上如饥似渴地学习,为的就是传播马克思主义信念。寻访至此,我们似乎才真正读懂了当年张人亚为革命所有的付出。

"接过先驱的革命火种，弘扬信仰的力量"

在当时苏区发行量最大的机关报《红色中华》第46期，大家找到了悼文《追悼张人亚同志》，里面明确了中央工农检察委员会委员、中央出版局局长兼代中央印刷局局长张人亚同志在1932年12月23日，病故于由瑞金赴长汀的路上。

"瑞金是张人亚生命绽放的地方，他带病坚持工作的画面折射出他顽强的革命意志，他的担当精神！"网络达人焦程表示，循着张人亚的足迹，脚踏红色的土地，真切地感受到我们现在的幸福生活，是先驱们用鲜血换来的。

峥嵘岁月，夫复何求，像张人亚一样，为了理想和信念，前仆后继的年轻人在这里凝结热血，积蓄希望。结束瑞金之行时，一行人回望广场上的红军烈士纪念塔，"踏着先烈血迹前进"几个苍劲有力的大字，格外炫目！

回到北仑，"传承红色火种"小分队成员第一时间来到了长山岗。

经过一个盛夏的肆意生长，长山岗上的野花杂草掩盖了上山的道路。抬头望去，山坡上一簇簇的冬青树正迎风飘展，似在迎接大家的到来。拾级而上，朝右拐个弯，一行人就看到了那块半米来高的墓碑，上面写着"泉张公墓"几个字。

停下脚步，小分队成员们赶紧精心地清理墓碑旁的杂草。大家知道，这个乍看不太起眼的衣冠冢，为如今唯一存世的"中国共产党第一部党章"提供了安身之处。

大约90年前，张人亚的父亲张爵谦将儿子舍命带来的包裹，用油纸包好，放进了张人亚早逝妻子的棺材里，然后在长山岗上修了墓穴，将这些重要的文件资料存放于这个衣冠冢里。为了掩人耳目，他还特意在墓碑上少刻了一个"静"字。

清理好杂草,年轻党员默默鞠躬、献花。就在他们往坟头上新添一抔黄土,寄托哀思之际,又一批网友手捧菊花,自发前来祭奠张人亚了。满怀对革命先驱的敬意,大家一同回忆起这位先驱的革命足迹。

"中共二大会址纪念馆的党章陈列室,滚动播放着关于张人亚的介绍影像资料。""瑞金这里,还保留有张人亚曾经工作过的办公室。"当听到上海、瑞金当地对张人亚的重视和认可,网友"京华"颇为感动,"这样的一名共产主义者,不应该被湮没,他是宁波的骄傲,他为革命付出了很多,我们应该接过先驱的革命火种,弘扬信仰的力量。"

贺霁对此也深有同感。十年前,她第一次来这里祭扫时,难以想象草木掩映的坟墓背后竟还有着这样的一段革命传奇故事。

20世纪50年代,自感时日无多的张爵谦将"衣冠冢"这个惊天秘密,告诉了三儿子张静茂,嘱咐他将秘藏多年的资料一并交还给党组织。出于对党和国家的热爱,也因为张人亚没有子女,捐献文物时张家没有收过一分钱的奖金。

"在我看来,张人亚已经成为一种精神的象征,他身上有太多值得我们当代年轻人学习的地方。"一路上,网络达人焦程通过自己的微博,发起了"重走先驱路"的话题,以图文并茂的形式,述说着自己沿途的体会:"脚踏红色土地,心情是沉重的,但汲取的精神营养是丰厚的。"

"人亚同志的一生虽短暂,但却可歌可泣、感人至深,他无惧无畏地坚守信仰,是民族复兴壮歌中的高亢华丽一章。这份信仰,正是共产党人的初心和使命,这种精神正是民族崛起的希望。"北仑区委党校教师戚家静说,今后要将张人亚的故事纳入党课,让更多北仑人、宁波人知道张人亚的事迹,让信仰的力量代代传承。

让精神回家，让信仰点亮人生。当下，北仑区委组织部深化推动张人亚党章学堂建设，将张人亚守护第一部党章的故事作为源头，以有形的载体将无形的精神延续下去。同时，张人亚故居也成了开放式组织生活基地。勿忘昨天的苦难辉煌，无愧今天的使命担当，不负明天的伟大梦想。做不忘初心的红色继承人，青年党员同志们正昂首阔步，砥砺前行！

3 "对党忠诚,积极工作,为共产主义奋斗终身"

怎样才能建立和坚定自己的人生观呢?首先必须认识到人类社会历史发展的规律和坚信共产主义社会必然实现的前途。这就是说,一个共产党员应该从他的阶级觉悟,从他的实际革命锻炼中,从他对于马克思主义的修养中,深切了解到无产阶级在社会上的历史地位和作用,懂得无产阶级的利益及其解放全人类的伟大事业,洞悉共产党及其党员的当前任务和根本目标。只有这样,他才能确定自己的人生观,终其一生,为他的信仰的实现而奋斗到底。同时,每一党员应该深刻知道,中国革命是一个长期的艰苦的斗争过程,在弯曲险峻的革命道路上,革命者必须经历长期的艰苦和波折;在与敌人经常的斗争中,在每一事变的紧急关头,还有牺牲的可能。

——选摘自《陈云文选》

"张人亚离开我们已经八十多年了,他的革命历程集中体现了我党革命的初心。弘扬张人亚革命精神,就是我们这些党的后来人重温历史,牢固初心的举措,我们当永铭启迪,努力前行。缅怀革命先辈,传承英烈崇高精神与革命风骨,是要铭记历史,开创未来。当前,我国正处于全面建成小康社会决胜阶段、中国特色社会主义进入新时代的关键时期,弘扬张人亚革命精神与凸现中国共产党员的价值观,对于全面建成小康社会,奋力夺取新时代中国特色社会主义伟大胜利具有极大的现实价值。"

信仰高于天,使命重于山。

2015年9月,习近平总书记在中国人民抗日战争胜利70周年纪念章颁发仪式讲话指出,"一个有希望的民族不能没有英雄,一个有前途的国家不能没有先锋。包括抗战英雄在内的一切民族英雄,都是中华民族的脊梁,他们的事迹和精神都是激励我们前行的强大力量"。宁波早期中国共产党员张人亚就是中华民族英雄的杰出代表之一,在他身上凝聚了那个时代的共产党人诸多宝贵精神财富。

张人亚身上所体现出的革命精神,不仅是我们进行精神家园建设的重要元素,也是实现中华民族伟大复兴中国梦的又一精神食粮。

为缅怀张人亚这"最勇敢坚决的革命战士",弘扬他"不忘初心、牢记使命"的革命精神,中共宁波市委党史研究室联合中共宁波市北仑区委,举办了纪念张人亚同志120周年诞辰论文及史料文物征集活动。

一时间,关于张人亚的革命精神研讨论文如雪花般,从全国各地纷至沓来。张人亚,这位"中共第一部党章的神秘守护者",引起了全国各地党史研究专家和学者的注目。

广东海洋大学苗体君教授,通过深入浅出地研讨分析,对张人亚的入团、入党时间进行了探讨,认为张人亚加入中国社会主义青年团的时间应该是在1922年4月,而加入中国共产党的时间应该是在1922年11月。

浙江省委党史研究室杨沫江,认为张人亚在上海工作期间从事的工运活动,从最初的领导上海金银业工人大罢工,其斗争意志坚决,面对资本家毫无惧色,不惜失掉工作也为工人利益据理力争;到成为一名职业工人运动者,领导上海浦东工人运动,他以近一半的光阴奋斗在工人运动的最前线,为中国工人运动特别是早期上海工人运动的发展做出了重大的贡献。

上海市委党史研究室陈彩琴,对张人亚在上海的革命历程进行了历史考察,他从参加与共产党有密切关系的工界团体,到领导金银业工人运动;从上海地方党、团组织的领导者,党的机关报的发行人,到中央的秘密工作者,他为党鞠躬尽瘁,奋斗终身;他还以自己的细致、远见,为中共早期珍贵的历史文献的流传保存做出独特的贡献。从而勾勒出以张人亚为代表的早期有觉悟的工人,成长为党的重要干部的历程。

瑞金市党史办原副主任曹春荣，认为张人亚是一个坚守初心、坚决革命、忠诚的共产主义战士。他是因其境遇而忠于无产阶级，由"过去的事实"而认识到"共产党是无产阶级的头脑"，所以他才说"加入共产党并不是偶然的事"。在白色恐怖下为革命奋不顾身，做"一个中国无产阶级革命的工具"，他在主管苏区出版、印刷、发行工作的半年多里，为普及马克思列宁主义和文化科学知识，提高苏区干部群众的思想觉悟和受教育程度，推进苏区的各项建设，发挥了重要作用。

众多的专家学者，把更多的目光聚集在了张人亚革命精神的初心信仰和时代价值上。

信仰，是一个民族的精神内核，也是一个民族的灵魂和脊梁。信仰是人类内心深处的追求和坚持，可以说，有了信仰，人就有了"灵魂"。马克思主义在中国的传播，中国共产党的成立，给了处于危难之中的中华儿女最坚定的信仰——正如习近平总书记指出，对马克思主义的信仰，对社会主义和共产主义的信念，是共产党人的政治灵魂，是共产党人经受住任何考验的精神支柱。

"张人亚毕其一生始终追求真理，在任何情况下都做到理想信念坚定，政治信仰不变，并且愿意付出任何代价，不惜献出宝贵的生命。今天，我们纪念张人亚，不仅仅因为那批他用生命秘藏的珍贵文献，更重要的是对作为一个普通的共产党人的他那种不忘初心、牢记使命的坚贞信仰的敬仰。尤其是当下，我们处在一个大发展、大变革、大调整的转型时代，面对未来，面对挑战，我们比任何时候更需要信仰的力量，更需要高扬信仰旗帜，振奋精神干事创业，兢兢业业奋勇争先。"

"信仰的力量在于担当,在于笃行,这也始终是中国共产党人的政治本色和优秀品格。今天,我们缅怀张人亚同志,学习他的精神,不仅仅因为他在生死关头秘藏党的文献的担当精神,更因为这种强烈的担当精神和使命感体现了共产党人的初心本色,是我们共产党人最宝贵的红色资源和红色财富,更是我们党在全面从严治党中开展党员教育的最好教材。不忘初心,牢记使命,必须成为共产党人的终身追求。"

"今天,我们纪念张人亚同志,不仅要透过那批珍贵的文献资料看到共产党人的初心和使命,更要看到支撑我们党伟大事业的千千万万个共产党人的家庭,看到他们优良的家风家教赋予无畏的共产党人在实现民族复兴、国强民安之路上坚定理想信念,大公无私、务实为民、勤恳工作、鞠躬尽瘁死而后已的优良品质。当前,随着社会情况更为复杂,更加呼唤能有好的家庭教育给人生打好底色。"中共宁夏区委党史研究室周欧,以"信仰高于天,使命重于山"为题,提出大力弘扬张人亚"不忘初心、牢记使命"的革命精神。

关于张人亚革命精神的基本内涵和时代价值,成都市城乡建设委员会调研员刘祯贵认为,张人亚革命精神是强大的,他以马克思主义理论和救民水火的坚定信仰为武器,广泛宣传马克思主义新主张,以唤醒民众,争取苏区民众的革命觉悟;张人亚为党保存过大量的珍贵历史文献,是卓有贡献的革命家,其身上体现了传播革命火种的拼搏精神。

"张人亚离开我们已经八十多年了,他的革命历程集中体现了我党革命的初心。弘扬张人亚革命精神,就是我们这些党的后来人重温历史，牢固初心的举措，我们当永铭启迪，努力前行。缅怀革命先辈，传承英烈崇高精神与革命风骨，是要铭记历史，开创未来。当前，我国正处于全面建成小康社会决胜时期、中国特色社会主义进入新时代的关键时期，弘扬张人亚革命精神与凸现中国共产党员的价值观，对于全面建成小康社会，奋力夺取新时代中国特色社会主义伟大胜利具有极大的现实价值。"

中共天水市麦积区委宣传部杨路军认为，张人亚革命精神孕育于中国共产党领导的新民主主义革命的伟大实践和进程中，是中国共产党人红色基因和精神族谱的重要组成部分；张人亚在长期的新民主主义革命斗争中用坚定的革命信念、坚韧不拔的革命意志，逐渐形成了以"爱国""敬业""自由""平等"等为主体的革命精神，以其强大的精神力量鼓舞中华各族人民艰苦奋斗、不怕牺牲、勇敢向前，张人亚革命精神为社会主义核心价值观提供了精神之源，学习和弘扬张人亚革命精神就是培育和践行社会主义核心价值观的重要体现。

"实现中华民族的伟大复兴中国梦是无数革命先烈上下求索的目标，是近代中国无数仁人志士不懈追求的理想，是中华各族儿女千百年来共同的愿望，也是当代中国的时代主题。以张人亚为代表的早期中国共产党人是一群有着远大理想抱负的中国人，救民于水火之中、救国于危难之间。从张人亚那一代中国共产党人身上，我们深切地感受到了敢为人先、信念坚定、百折不挠、艰苦奋斗的精神风骨。中国特色社会主义进入新时代后，弘扬张人亚革命精神，是实现中华民族伟大复兴中国梦的强大思想武器和精神动力。"

一篇篇激情洋溢的论文，饱含着对革命先驱张人亚的敬仰和爱戴。从少年时代萌生忧国忧民情怀，到34岁为革命事业献出宝贵生命，张人亚的生命虽然短暂，但他的人生轨迹却是那样的高尚瑰丽。举办张人亚诞辰纪念活动，重温张人亚的革命历史，弘扬张人亚的革命精神，不断从张人亚革命精神中汲取理想力量、创新力量、实干力量，这不仅是我们的历史使命和责任的体现，更是我们实现中华民族伟大复兴中国梦、全面建设小康社会所必需的力量之源。

"做有人格的人，不做人类的落伍者，扫除一切不幸，将生活做最根本的改变！"新闻广播剧《不忘初心——寻找张人亚》一开篇，饰演张人亚的张译就用辨识度极高的嗓音，激昂动情地开始讲述那风雨如磐暗故园的动荡年代，展现了一个共产党人的信仰和使命。第一集《惊天秘密》，以记者来到霞浦寻找张人亚开场，带我穿越到守护党章那惊心动魄的年代。当一大团油纸布包从衣冠冢里挖出来时，张人亚和他的父亲保存的党的珍贵文献，犹如惊天炸雷一样，激荡着众人的心。"《共产党宣言》《中国共产党章程》，哎呀，这么多……"

张父：泉儿，我听说你弟弟静茂刚刚被国民党抓了，是不是跟你有关？

张人亚：是，祸根在我身上，但我不悔，我没错。

张父：你带回的这些是不是都是要掉脑袋的东西？

张人亚：是。

张父：那就赶紧烧了吧？

张人亚：阿爸，这些可是我们共产党组织的珍贵文件，那可是比我的命还重要的文件啊。

张父：你不会还要随身带着它吧？

张人亚：不，现在外面到处都在抓人。

张父：哦，泉儿，那你就把东西留下吧，阿爸替你保存。

张人亚：阿爸，你不怕吗？

张父：怕嘛，当然怕了！你和你弟在上海，阿爸没有一天不担惊受怕的。阿爸也一把岁数了，就怕你们有个意外啊。

张人亚：（落泪）儿子不孝，让阿爸受累……

张父：可是阿爸知道，你做的是神圣的事业，是为天下穷苦人做的大事，阿爸不能反对你，阿爸拎得清……

张人亚：（心声）原谅我，阿爸，此生我已跟定共产党，革命成功儿再回来！

人间四月，莺飞草长。当我打开中央人民广播电台的微信公众号"中国之声"，聆听到"首部党章守护者"张人亚送党的珍贵文献回老家霞浦时，与父亲推心置腹的对话，我如同身临其境，置身于革命的水深火热中，不禁激情满怀、热泪盈眶！新闻广播剧《不忘初心——寻找张人亚》，第一次还原了白色恐怖时期，张人亚悄悄带着一大包文件资料托父亲保藏的场景，"这些可是我们共产党组织的珍贵文件，那可是比我的命还重要的文件啊。"这是一个早期共产党人的心声,如同响雷般深深地震撼了我的心灵!

　　由中央人民广播电台和宁波北仑广电中心联合制作的新闻广播剧《不忘初心——寻找张人亚》,一共分为六集,每集时长八分钟,分别是《惊天秘密》《神秘守护》《上海斗争》《芜湖风云》《瑞金岁月》《青山忠骨》,以记者曹美丽的一路寻找为主线,结合新闻和广播剧的特色,从宁波北仑出发,途经上海、芜湖、瑞金、长汀,沿着张人亚的人生轨迹,追寻早期共产党人对党忠诚、为国为民鞠躬尽瘁的赤诚初心。

　　"做有人格的人,不做人类的落伍者,扫除一切不幸,将生活做最根本的改变!"新闻广播剧《不忘初心——寻找张人亚》一开篇,饰演张人亚的张译就用辨识度极高的嗓音,激昂动情地开始讲述那风雨如磐暗故园的动荡年代,展现了一个共产党人的信仰和使命。第一集《惊天秘密》,以记者来到霞浦寻找张人亚开场,带我穿越到守护党章那惊心动魄的年代。当一大团油纸布包从衣冠冢里挖出来时,张人亚和他的父亲保存的党的珍贵文献,犹如惊天炸雷一样,激荡着众人的心。"《共产党宣言》《中国共产党章程》,哎呀,这么多……"这些共产党的重要文件,张人亚和父亲可是看得比自己的生命还要重要呀!

　　在第二集《神秘守护》中,寻访的记者想象着张人亚送文件回乡下的场景。"'宁可错杀一千,不可放过一个。''四·一二'反革命政变后,国民党开始了对共产党的疯狂杀戮。这时身边带着共产党的绝密文件,无异于带着一颗定时炸弹。张人亚为什么会想到让自己的老父亲来保管这些资料呢?他知道这些东西肯定有用,他相信共产主义一定会胜利。他就想到他父亲,因为他每次回去都会跟父亲讲在上海怎么搞革命,父亲都赞成。父亲也是进步的、爱国的。"收听到这里,一个心向共产党,深明大义,有胆识、有智慧的老父亲形象,开始走进了我的心里。

"张人亚是1914年到上海的,1915年的时候上海发起了一个爱国促进会,他去捐了1块钱。那时的工资只有几毛钱。""1920年参加了工商友谊会,开始跟共产党有接触。张人亚在这个过程中逐步看清楚共产党是干什么的。"第三集《上海斗争》中介绍,党的二大之后,上海的工人运动更加蓬勃发展。作为工人运动的领袖,张人亚对共产党的思想理论更加关注。正是从那时候开始,他大量搜集、保存了党的相关文献。"增加工资!星期休工!誓死力争!坚持到底!"听到张人亚带领银楼工人游行示威的呐喊声,他为争取劳工大众的利益而浴血奋战的身影仿佛就在我的眼前。

第四集《芜湖风云》介绍,1929年7月,因为曾长期在金银业当工人,熟悉金银成色和行情,张人亚被组织上派遣到芜湖开设金铺,把在赤区没收来的财物,兑换成现洋及钞票交给中央。"1930年6月,由闽西运来700两;1930年底,由赣西南运来2007两……"伪装在金银铺工作之后,张人亚曾一度返回上海。当再回到芜湖时,他的身份却变了,成了芜湖中心县委书记。此番临危受命,他在向中央汇报时表示,"我们的当下任务,是要尽快纠正党内的矛盾和斗争,恢复党内秩序。要反对右倾,特别是实际工作中的机会主义。同时要反对空谈'左倾',如不做实际工作等。"听着广播剧中张人亚铿锵有力的话语,一个为党为民忠心耿耿的共产党人形象在听众心里活了起来。

"正值冬季,瑞金特有的湿冷,对我这个南方人来说,有种熟悉的刺骨感。我自然而然就想到了张人亚,这个冬天会不会让他想起自己的家乡?当然,我更想知道的是,张人亚是如何冲破白色恐怖到达苏区的?"第五集《瑞金岁月》一开场,记者就带听众进入了湿冷刺骨的红区苏区。在这里,张人亚最初担任的是中央工农检察委员会委员,配合何叔衡部长设立控告箱、整治贪污腐败和铺张浪费等,一时间反腐工作开展得风生水起;半年后,他出任了出版局局长和印刷局局长,"他主办的《红色中华》报纸,充分发挥了中央政府对苏维埃运动的积极领导作用,稳固了根据地。"日夜操劳、夙兴夜寐,过度的辛劳、清苦的生活,过早地摧垮了张人亚年轻的身体。

第六集《青山忠骨》让人唏嘘,一位经得住各种考验、对党绝对忠诚、最勇敢坚决的革命战士,就这样撒手人寰,他的忠骨葬于何处也无人可知。"长汀肃反,很多无辜党员和群众被错捕,一定要去阻止这种错误行为!我要亲自去一趟长汀。""避什么雨?不行,多耽搁一分钟长汀那里无辜的党员和群众就多一分危险!快走!"冬季的长汀,小雨淅淅沥沥,长期高强度的工作,再加上苏区物资匮乏,此时的张人亚,已经透支了他生命的全部。听到这里,我的心如刀绞一般,不觉潸然泪下,心痛不已。

此心不忘,方得始终!跟随新闻广播剧一路寻访,在还原旧时场景、再现斗争画面的收听中,张人亚为国家和民族的解放而奉献一生的崇高精神,一次又一次激荡我的心灵。深受触动的还有众多的党员群众,一位居住在霞浦的出租车司机表示,作为张人亚的家乡人,非常骄傲,"从电波中收听到张人亚的革命事迹,我心潮澎湃,当听到他说'此生我已跟定共产党,革命成功儿再回来'时,我明白了张人亚对党的赤诚初心!"一段岁月,波澜壮阔,刻骨铭心;一种精神,穿越历史,辉映未来。不忘初心——寻找张人亚,新时代的我们,正沿着革命先驱的足迹,守望初心再出发!

  一位先烈竖起一座丰碑,一台话剧感动一座城市!话剧《守护》谢幕了,信仰永驻心间。我们宁波的好儿女张人亚,从一个银楼的学徒成长为工人运动领袖,继而成为苏区新闻出版事业的开拓者,马克思主义信念影响和改变了他的人生。时光流转,沧海桑田,回望革命先驱为之奋斗的家乡北仑,历经四十年改革开放巨变,已从昔日的海濡之地,蜕变成欣欣向荣的现代化港口城区。岁月承载历史的脚步,一路走来,我们共产党人的初心,从未改变!

"青山绿水,一方宝地,这就是宁波——我最爱的故乡。你们问我是谁?我叫张人亚。"这是话剧《守护》的演出现场,舞台上,革命先驱张人亚正衣袂飘飘、深情满怀地细数着对故乡宁波的情思。用生命守护党章,用一生守护信仰,当我"遇见"张人亚,我仿佛穿越到了那段风起云涌的峥嵘岁月,触摸到了一代共产党人的初心。

话剧《守护》,分为"序幕:静泉四罪""码头送别""忠孝两难""党章托付""衣冠入葬""静候佳音""苦盼儿归""尾声:守者无悔"八个部分,讲述了我党首部党章守护者张人亚,青年时离开家乡宁波北仑,到上海的银楼做学徒,从一名普通工人成长为工人运动领袖的故事。为了守护老百姓的利益,他发动了长达28天的上海金银业工人大罢工;革命低潮时期,为了守护党的珍贵文献,他把首部党章等文件送回乡下老家……引人入胜的情节设置,逼真形象的背景再现,演员真诚深情的演绎,话剧《守护》将我带到了战火纷飞的革命现场,感受到张人亚这位"最勇敢坚决的革命战士"一心为民、忠心为国的赤诚情怀!

"我的理想是要打造一个弱者不挨饿,强人不作恶的世界。在那个世界青山绿水、蓝天白云,我们的社会平等公正有序,我们的国家强大,中华民族伟大复兴!"在"码头送别"一幕中,张人亚激情飞扬地诉说着自己的人生理想,一个怀揣救国梦想的年轻人,带着对共产主义的信仰上路了。码头出航的汽笛声,带着张人亚的革命理想扬帆起航,也把我带到了旧日时光。

1898年5月,在北仑霞浦的农户张爵谦家里,二儿子张人亚呱呱坠地了。靠轮种族中几亩祭田和兼作厨师为生的张爵谦,从小以"展祠基、隆孝养、敦友爱、恤宗族、励行俭、勤职业"的家范,来教养子女,在极度清贫的生活中,他依然设法让几个孩子读书识字。与张爵谦同住一个四合院的张晚荷先生,虽是个晚清秀才,但他信仰孙中山的三民主义,他开设霞浦学堂后,常常在教识文断字之际,在族学里向人亚他们灌输反帝反封建的思想。在霞浦学堂遭到破坏之时,他就将教室搬进了四合院里,幼时的张人亚每天是被一阵读书声唤醒的。晚荷先生的新式教育如一道闪电,冲击着他懵懂的心灵。

从那时起,张人亚就开始认识到反帝反封建的深刻含义。随着年龄的增长,面对民不聊生的社会,他16岁时选择了跟大多数年轻人一样，到上海讨生活。参加夜校学习，翻字典识字，"马克思主义是无产阶级的科学世界观和方法论"，《马克思主义研究》等新思想，如一束明光，指引他前行的路。在上海这个冒险家的乐园，张人亚目睹了中外反动势力怎样欺压中国人民，镇压中国人民的反抗斗争，他开始意识到，自己该为劳苦大众做点什么了……信仰在这里起步，当我"遇见"18岁的张人亚，我知道，他为党为民的革命理想正在生根发芽。

"与其受压迫而死，毋宁奋斗而死！"在"忠孝两难"一幕中，张人亚带领众工友在发表罢工宣言，他气度凛然地走在队伍最前列，"增加薪资，废除包工制，改良待遇……"他的周围，虎视眈眈的狼狗在盘旋，全副武装的巡捕随时准备冲上来抓人，可他毫不退缩；"咬牙挺住，我们一定要坚持下去！"作为罢工领导者的张人亚，被银楼开除了，他毫不在乎，拿出自己的钱分给穷苦人家……舞台上，张人亚不顾个人安危，心系群众，为群众的疾苦而奔走的身影历历在目。

"对党忠诚，积极工作，为共产主义奋斗终身！"1922年，张人亚先后被中国社会主义青年团和中共组织吸收为成员。那时，上海有大小银楼34家，金银业工人受雇主盘剥，生活困苦，待遇极差。为改变工人的弱势地位，上海金银业工人俱乐部成立后，张人亚等人发动了全市金银业工人举行罢工。"租界巡捕房插手镇压罢工运动，打伤六七人，放狼狗咬伤三四人，拘捕工人25人……坚持了28天的罢工，给予中外反动势力以强烈的震撼，让工人们看到了团结和斗争的力量。"

中外反动势力的残酷镇压，给罢工带来重重困难，"大家不要惧怕资本家压迫,俱乐部是保存我们无产阶级的生命的机关!"夜已深,身为金银业俱乐部主任的张人亚还在走街串巷,挨家挨户发起动员……热血在这里凝结,当我"遇见"24岁的张人亚,我明白了,他正怀揣一颗初心,尽心尽力守护老百姓的利益。

"爹,这些东西比我的性命还珍贵!"随着舞台上张人亚的"扑通"跪地声,"党章托付"一幕将剧情推向了高潮。张人亚托付父亲保藏的这些珍贵文献,包括首部党章和1920年9月版的《共产党宣言》。这些微微泛黄的文件,见证了我们党"第一次诞生了党章""第一次提出深入群众的群众路线"这些思想起源,也让我深切感受到一个早期共产党人的初心。

1927年4月12日,蒋介石发动上海"四·一二"政变,严重的白色恐怖笼罩着上海滩。在这紧急关头,张人亚想到平时学习后保存下来的党的文件书报,对于党的革命事业太重要了,他得想办法把这些资料珍藏起来。一个冬日的午后,他悄悄地带着一大包文件书报,回到了北仑霞浦老家。父亲张爵谦为了让这些文件资料得以保存下来,特地在霞浦长山岗上修了墓穴,将这些珍贵的文件资料存于衣冠冢里,待到全国解放后才取出上交党组织。

当时的上海和宁波笼罩在白色恐怖之下,"宁可错杀一千,不可放过一个","四·一二"反革命政变后,国民党开始了对共产党的疯狂杀戮,不管什么人在码头上随便走走,都有可能被认为有嫌疑而当场枪杀。在这样令人窒息的环境下,张人亚不是考虑自身的安危,而是首先想到珍藏党的文件资料,冒生命危险将此从上海秘密带到北仑老家……党性在这里淬炼,当我"遇见"29岁的张人亚,他为了保存革命火种舍生忘死,革命理想高于天的忠诚担当精神,对革命事业的坚定信仰和绝对信心,深深地震撼着我的心灵!

"爹看到了,在共产党领导下中国人民解放了,生活越来越好,老百姓的日子越过越红火。爹终于懂了,共产主义是中国革命唯一能走的道路,共产党是值得你们为之奉献的。"在"苦盼儿归"一幕中,年近古稀的张爵谦坐在村口的一张藤椅上,眺望着远方。在他无声的守望中,1930年,张人亚在芜湖临危受命,他守着一个"金铺子",竭尽全力守护党的物质财富;1932年,张人亚任中华苏维埃共和国出版局局长兼印刷局局长,主持出版《红色中华》等报刊,以致积劳成疾病逝,用一生守护马克思主义信仰……精神在这里延续,当我"遇见"身为共产党人的张人亚,我懂得,公而忘私,坚定理想信仰,是张人亚毕生的追求,这份信仰,恰是我们共产党人的初心和使命。

一位先烈竖起一座丰碑,一台话剧感动一座城市!话剧《守护》谢幕了,信仰永驻心间。我们宁波的好儿女张人亚,从一个银楼的学徒成长为工人运动领袖,继而成为苏区新闻出版事业的开拓者,马克思主义信念影响和改变了他的人生。时光流转,沧海桑田,回望革命先驱为之奋斗的家乡北仑,历经四十年改革开放巨变,已从昔日的海濡之地,蜕变成欣欣向荣的现代化港口城区。岁月承载历史的脚步,一路走来,我们共产党人的初心,从未改变!

后记

"曾经踏访的足迹,
已经植下红色基因,
并延伸为前行的生命流,
从而激扬起新时代使命的征程!"

这里是宁波市"不忘初心、牢记使命"主题教育系列活动启动仪式的策划现场,讲述革命先驱张人亚1927年回家秘藏珍贵文件的故事的舞台剧《初心晨启》的场景,将我的思绪带到了我们一路寻访的初心之旅。

"作为共产党人,无论走得多远,都不能忘记来时的路,不能忘记为什么出发。"2017年10月31日,党的十九大闭幕仅一周,习近平总书记就带领新一届中央政治局常委专程从北京前往上海和浙江嘉兴,瞻仰上海中共一大会址和浙江嘉兴南湖红船,回顾建党历史,重温入党誓词,宣示新一届党中央领导集体的坚定政治信念:"牢记共产主义远大理想,坚定中国特色社会主义共同理想,一步一个脚印向着美好未来和最高理想前进。"

"志不立,天下无可成之事。"1919年冬天,一位当过师范学校国文教员、叫陈望道的年轻人,回到了自己的家乡浙江省

后 记

义乌市分水塘村。从寒冬到次年早春,他借着一盏昏暗的油灯,送走了一个又一个长夜,翻译《共产党宣言》。1920年8月,第一部《共产党宣言》中文全译本在上海出版。

《共产党宣言》只有28000多个汉字。这本薄薄的小册子,成为中国共产党人信仰的起点。

"人民有信仰,民族有希望,国家有力量。"这是习近平总书记对理想信念做出的注脚。一个人有了坚定正确的理想信念,就能不懈努力、执着追求;一个国家和民族有了坚定正确的理想信念,就能披荆斩棘、攻坚克难。

信仰高于天,使命重于山。我们张人亚史料调研组一路寻访,从芜湖的下长街,到上海的自忠路,透过时光的履痕,依稀能触摸到革命先驱当年奋斗的足迹。银楼罢工时期,他被开除了,仍然尽心尽力守护老百姓的利益;芜湖临危受命,他守着一个"金铺子",竭尽全力守护党的物质财富;革命低潮时期,他把首部党章等文献送往老家,冒生命危险守护党的精神财富;瑞金峥嵘岁月,他克己奉公,以致积劳成疾病逝,用一生守护马克思主义信仰。

心中有信仰,脚下有力量。中共浙江省委书记车俊在《不忘初心 勇担使命》中指出:"我们脚下的是一片历史悠久、底蕴深厚的土地,是一片活力四射、孕育奇迹的土地,是一片充满希望、成就梦想的土地。这片土地上的人民,有着爱国爱党的光荣传统,有着敢为人先的奋斗基因,有着干在实处的优秀品格。"

脚踏这片丰饶灵秀的热土,我们继往开来,牢记使命传承,弘扬信仰力量。为了让信仰的火种在共产党人中进一步得到传承,北仑区委打造张人亚红色品牌,建设张人亚党章学堂,开展"传承红色基因　模范践行党章"主题行动,与宁波市委党史研究室组成了张人亚革命事迹联合调研组,奔赴芜湖、合肥、上海、北京等地,寻找"首部党章守护者"张人亚的初心印迹,进一步挖掘好、宣传好张人亚的革命事迹。

"做有人格的人,不做人类的落伍者,扫除一切不幸,将生活做最根本的改变!"在写作中,我的脑海里不断浮现张人亚为党为民鞠躬尽瘁的身影。"打倒帝国主义!还我河山!"他带领队伍走在最前面,他的身旁,虎视眈眈的狼狗在盘旋;肆虐的洪水淹没了芜湖城,他居无定所,仍然走街串巷关心老百姓的疾苦;炮弹随时会从天而降,他日夜辛劳,主持出版红色读物;白色恐怖笼罩的黑暗时刻,他带着党的珍贵文献,悄悄回到乡下老家……我一次次被革命先驱的坚定信念、忠诚信仰打动,心中充满了激荡前行的力量!

浙江省委副书记、宁波市委书记郑栅洁在出席张人亚120周年诞辰纪念活动时指出,张人亚同志的一生,是革命的一生、奉献的一生、光辉的一生,是共产党人不忘初心、牢记使命、永远奋斗的生动写照。张人亚同志的革命事迹和崇高精神,是激励我们开拓创新、锐意进取的宝贵精神财富,永远值得我们学习和弘扬。今年是中华人民共和国成立70周年,谨以此书致敬为新中国的成立壮烈牺牲的先烈们!

后 记

"时刻准备着,为共产主义奋斗终身!"初心托举梦想,信仰凝聚力量,让我们追随信仰的足迹,同心共筑中国梦。

彭素虹

2019 年 2 月